FOLIO
JUNIOR

Katherine Rundell

Le ciel nous appartient

Traduit de l'anglais
par Emmanuelle Ghez

(Les Grandes Personnes)

À mon frère, affectueusement

Titre original : *Rooftoppers*

© Faber and Faber, 2013
© Katherine Rundell, 2013, pour le texte original
© Éditions des Grandes Personnes, 2014, pour la traduction française
© Éditions Gallimard Jeunesse/Éditions des Grandes Personnes, 2016,
pour la présente édition

1

Au matin de son premier anniversaire, un bébé fut découvert dans un étui à violoncelle, flottant au beau milieu de la Manche.

C'était le seul être vivant à des kilomètres à la ronde. Le bébé, quelques chaises et la proue d'un bateau sombrant dans l'océan : rien d'autre à l'horizon.

Il y avait eu de la musique dans la salle à manger ; une musique si puissante et si belle que personne n'avait remarqué que de l'eau s'infiltrait et imprégnait les tapis. Quand les premiers cris avaient retenti, les archets avaient continué leur va-et-vient pendant quelques instants. Par moments, le hurlement d'un passager avait improvisé un duo avec le *do* aigu d'un violon.

On trouva l'enfant soigneusement enveloppé dans la partition d'une symphonie de Beethoven. Il avait dérivé à plus d'un kilomètre du paquebot, et fut ainsi le dernier à être secouru. L'homme qui le recueillit dans un canot de sauvetage était lui aussi l'un des passagers, et un érudit. Tout érudit se devant d'être un fin observateur, l'homme remarqua qu'il avait affaire à une fille.

Elle avait des cheveux de la couleur des éclairs, et un sourire timide.

Imaginez la nuit dotée d'une voix. Ou bien le clair de lune s'adressant à vous. Ou imaginez encore que l'encre ait des cordes vocales. Donnez à ces choses un visage fin aux traits aristocratiques et aux sourcils en pointe, de longs bras et de longues jambes, et vous saurez ce que la fillette aperçut quand elle fut extraite de son étui à violoncelle pour être mise à l'abri. Charles Maxim – ainsi se prénommait son sauveur – décida, en soulevant l'enfant de ses grandes mains, les bras tendus comme s'il s'agissait d'un pot de fleurs percé, qu'il la garderait.

Le bébé, très vraisemblablement, était âgé d'un an. On le déduisait à la cocarde rouge épinglée sur sa poitrine et qui indiquait : « 1 ! »

– Si vous voulez mon avis, dit Charles Maxim, soit cette enfant est âgée d'un an, soit elle est arrivée première à une compétition. Il me semble que les bébés ne sont guère portés sur les compétitions sportives. Devons-nous donc privilégier la première hypothèse ?

La petite fille lui agrippa alors le lobe de l'oreille d'une minuscule main crasseuse.

– Joyeux anniversaire, chère enfant, ajouta-t-il.

Mais Charles ne se contenta pas d'attribuer au bébé une date d'anniversaire. Il lui donna également un prénom, et ce dès le premier jour. Il choisit « Sophie », pour la simple raison qu'il était impossible que cela déplaise à quiconque.

– La journée que tu viens de traverser a été suffisamment dramatique et extraordinaire, mon enfant, lui dit-il. Sans doute serait-il préférable que tu portes le prénom le plus ordinaire du monde. Tu peux donc t'appeler Mary, ou Betty, ou Sophie. Ou à la rigueur Mildred. À toi de choisir.

Sophie avait souri quand il avait prononcé le nom de « Sophie », alors ce fut Sophie.

Ensuite, il prit son manteau, y enveloppa la fillette, puis l'emmena chez lui en voiture dès qu'ils furent à terre. Une légère pluie tombait, mais ni l'un ni l'autre ne s'en soucia. Charles prêtait rarement attention au temps qu'il faisait, et Sophie, ce jour-là, avait déjà survécu à une plus grande quantité d'eau.

Charles n'avait jamais vraiment connu d'enfant auparavant. Il en fit part à Sophie sur le chemin :

– J'ai bien peur d'avoir plus de facilité à comprendre les livres que les humains. Il est si simple de s'entendre avec les livres.

Le voyage en voiture dura près de quatre heures. Charles avait posé Sophie sur ses genoux, et il lui parla de sa propre personne comme s'il bavardait avec une connaissance croisée à une réception : il avait trente-six ans et mesurait un mètre quatre-vingt-douze. Il parlait anglais aux personnes, français aux chats et latin aux oiseaux. Un jour, il avait frôlé la mort en essayant de lire tout en montant à cheval.

– Mais je serai plus prudent, la rassura-t-il, maintenant que tu es là, petite enfant-violoncelle.

La maison de Charles était splendide, mais peu

sécurisée. Elle n'était qu'escaliers, parquets glissants et angles aigus.

– J'achèterai des chaises moins hautes, décida-t-il. Et nous aurons d'épais tapis rouges ! Sauf que j'ignore comment m'y prendre pour acquérir des tapis… En as-tu la moindre idée, Sophie ?

Comme on pouvait s'y attendre, Sophie ne répondit pas. Elle était trop petite pour parler. De plus, elle s'était endormie.

Lorsque la voiture s'arrêta enfin dans une rue qui sentait les arbres et le crottin de cheval, elle se réveilla. La petite adora la maison dès le premier regard. Les briques, peintes du blanc le plus éclatant que l'on puisse trouver à Londres, étincelaient, même dans la nuit noire. Le sous-sol servait à entreposer le trop-plein de livres et de tableaux, ainsi que plusieurs espèces d'araignées. Le toit était le domaine des oiseaux. Charles vivait dans l'espace situé entre les deux.

Une fois chez eux, après lui avoir donné un bain chaud devant le poêle, Charles trouva Sophie très pâle et très fragile. Il ignorait qu'un bébé était une chose si effroyablement minuscule. Elle lui semblait microscopique dans ses bras. Il fut presque soulagé lorsqu'on frappa à la porte. Il posa délicatement Sophie sur un fauteuil, avec un ouvrage de Shakespeare en guise de rehausseur, et monta les marches deux par deux.

Il revint accompagné d'une femme corpulente aux cheveux gris. *Hamlet* était légèrement humide, et Sophie affichait un air gêné. Charles la prit dans ses bras, puis, hésitant d'abord entre le porte-parapluie, dans le coin de la pièce, et le dessus du poêle, il la déposa dans l'évier. Il sourit, et ses sourcils et ses yeux sourirent également.

– Ne t'en fais pas, Sophie. Cela arrive à tout le monde d'avoir des accidents.

Il fit ensuite un signe de tête en direction de la femme.

– Sophie, permets-moi de te présenter miss Eliot, des Services nationaux d'Aide à l'Enfance. Miss Eliot, je vous présente Sophie, de l'océan.

La femme lâcha un soupir – un soupir que la fillette, depuis son évier, dut trouver bien solennel – et fronça les sourcils, avant de sortir des vêtements propres d'un paquet.

– Donnez-la-moi, dit-elle.

Au lieu de ça, Charles lui prit les vêtements.

– J'ai sauvé cette enfant des eaux, madame, dit-il, tandis que Sophie observait la scène avec des yeux écarquillés. Elle n'a personne pour veiller sur elle. Que cela me plaise ou non, elle est sous ma responsabilité.

– Pas pour toujours, le prévint la femme.

– Je vous demande pardon ?

– L'enfant est votre *pupille*. Elle n'est pas votre fille.

C'était le genre de personne qui s'exprimait en italique. On aurait pu parier que son loisir favori était de classer les gens par catégorie.

– C'est un arrangement temporaire, ajouta-t-elle.

– Je ne suis pas de votre avis, répliqua Charles. Mais

nous nous disputerons à ce propos plus tard. L'enfant a froid.

Il tendit une chemise à Sophie, qui se mit à la téter. Il lui reprit donc le vêtement et le lui enfila. Puis il souleva la petite, comme pour en estimer le poids, et l'examina attentivement.

– Vous voyez ? Elle a l'air d'un bébé très intelligent.

Il remarqua alors que les doigts de Sophie étaient longs, fins et habiles.

– Et ses cheveux ont la couleur des éclairs. Est-il seulement possible de lui résister ?

– Je reviendrai vous rendre visite pour m'assurer que tout se passe comme il se doit, et je n'ai vraiment pas de temps à perdre. *Un homme est incapable de gérer seul ce genre de choses.*

– Mais certainement, passez donc quand bon vous semblera, répondit Charles, avant d'ajouter, presque malgré lui : … s'il vous est absolument impossible de vous tenir à distance. Je tâcherai de vous en être reconnaissant. Mais cette enfant est sous ma responsabilité. Est-ce bien clair ?

– Mais c'est une *enfant* ! Et vous êtes un *homme* !

– Vos dons d'observation sont prodigieux, ironisa Charles. Vous faites honneur à votre opticien.

– Mais qu'allez-vous *faire* d'elle ?

Charles prit un air perplexe.

– Je vais l'aimer, dit-il. Cela devrait suffire, à en croire les poètes que j'affectionne.

Sur ces mots, il tendit une pomme rouge à Sophie,

puis la lui reprit et la frotta contre sa manche jusqu'à y voir son propre reflet.

– L'éducation des enfants, ajouta-t-il, recèle sûrement des secrets, mais aussi sombres et mystérieux soient-ils, je suis certain qu'ils ne sont pas impénétrables.

Charles posa ensuite le bébé sur ses genoux, lui donna la pomme, ouvrit *Le Songe d'une nuit d'été*, de Shakespeare, toujours, et se mit à lire à haute voix.

Peut-être n'était-ce pas la manière idéale de commencer une nouvelle vie, mais c'était un début prometteur.

2

Dans les locaux des Services nationaux d'Aide à l'Enfance, à Westminster, se trouvait un petit placard. Dans ce petit placard se trouvait un dossier rouge sur lequel était inscrit : « Tuteurs : études de personnalité. » Le dossier rouge renfermait un dossier plus fin, bleu celui-ci, étiqueté : « Maxim, Charles. » On pouvait y lire ceci : « Charles. P. Maxim aime les livres, comme on peut l'attendre d'un érudit. De plus, il semble généreux, maladroit, travailleur. Il est d'une taille exceptionnellement grande, mais les rapports médicaux suggèrent qu'il est par ailleurs en bonne santé. Il est obstinément convaincu de ses capacités à s'occuper d'un enfant de sexe féminin. »

De telles caractéristiques sont peut-être contagieuses, car Sophie, au fil des années, devint grande, généreuse, amoureuse des livres et maladroite. À presque sept ans, elle arborait déjà des jambes longues et minces comme des parapluies, et toute une collection de certitudes obstinées.

Pour son septième anniversaire, Charles lui confectionna un gâteau au chocolat. Ce ne fut pas une franche réussite, vu qu'il s'était affaissé en son centre, mais Sophie déclara, en toute loyauté, qu'elle le préférait comme ça.

– Parce que, expliqua-t-elle, le creux laisse plus de place pour le glaçage. Et j'aime que le glaçage soit extragavant.

– Je suis ravi de l'apprendre, dit Charles. Bien que le mot se prononce traditionnellement *extravagant*, il me semble. Joyeux *supposé* septième anniversaire, ma chérie. Que dirais-tu d'un petit Shakespeare pour l'occasion ?

Sophie avait en effet une fâcheuse tendance à briser les assiettes, et ils dégustèrent donc leur gâteau sur la couverture du *Songe d'une nuit d'été*[1]. Charles essuya ensuite le livre avec sa manche et l'ouvrit au beau milieu.

– Me ferais-tu le plaisir de me lire un peu de Titania ?

Sophie fit la grimace.

– J'aimerais mieux faire Puck.

Elle s'essaya à quelques vers, mais ce fut laborieux. Elle attendit alors que Charles détourne le regard, puis lâcha le livre et fit le poirier dessus.

Charles éclata de rire.

– Bravo ! s'exclama-t-il en tambourinant sur la table de la cuisine. Tu es de l'étoffe dont sont tissés les elfes.

---

1. Pièce de Shakespeare dont Titania, la reine des fées, et Puck, jeune elfe espiègle, sont des personnages.

Sophie tomba contre la table, se redressa, et fit une nouvelle tentative en s'appuyant contre la porte.

– Merveilleux ! s'écria Charles. Tu fais des progrès. C'est presque parfait.

– Seulement presque ? dit une Sophie vacillante, qui le regardait d'en bas en louchant.

Ses yeux commençaient à piquer, mais elle maintint sa position.

– Mes jambes ne sont-elles pas droites ?

– Presque. Ton genou gauche me semble juste un peu hésitant. De toute façon, aucun être humain n'est parfait. Aucun depuis Shakespeare.

Ce soir-là, dans son lit, Sophie repensa à ce qu'avait dit Charles : « Aucun être humain n'est parfait. » Eh bien, il avait tort. Charles était parfait. Charles avait des cheveux de la même couleur que la rampe de l'escalier, et des yeux pleins de magie. Il avait hérité sa maison et tous ses vêtements de son père – des costumes autrefois splendides, du cent pour cent soie dans le style tape-à-l'œil de Savile Row. À présent, ils étaient composés de cinquante pour cent de soie et de cinquante pour cent de trous. Par ailleurs, Charles ne possédait pas d'instruments de musique, mais il chantait pour elle. Et quand Sophie était absente, il chantait pour les oiseaux, ou pour les cloportes qui envahissaient de temps à autre la cuisine. Sa voix était d'une justesse absolue. D'une pureté aérienne.

Parfois, au milieu de la nuit, Sophie avait le sentiment de revivre le naufrage. Elle éprouvait alors le besoin désespéré d'escalader les choses. Escalader était la seule activité qui la sécurisait. Charles l'autorisait à dormir sur le dessus de l'armoire. Lui se couchait par terre, en dessous, juste au cas où.

Sophie ne comprenait pas tout chez lui. Charles mangeait peu, dormait rarement, et ne souriait pas aussi souvent que la plupart des gens. Toutefois, il respirait la bonté là où d'autres se contentaient d'oxygène, et la courtoisie coulait dans ses veines. S'il venait à heurter un réverbère lorsqu'il marchait en lisant, il ne manquait pas de s'excuser et de s'assurer que le réverbère était indemne.

Un matin par semaine, miss Eliot leur rendait visite « pour résoudre les éventuels problèmes ». (Sophie aurait pu dire : « Quels problèmes ? », mais elle apprit vite à tenir sa langue.) Miss Eliot faisait le tour de la maison, remarquait la présence de fissures sur les murs, de toiles d'araignées dans le garde-manger vide, et secouait la tête.

– De quoi vous *nourrissez*-vous ? demanda-t-elle un jour.

Il fallait admettre que l'alimentation, dans cette maison, était plus originale que chez les amis de Sophie. Il n'était pas rare par exemple que Charles oublie d'acheter de la viande pendant plusieurs mois d'affilée. Et comme les assiettes semblaient se briser dès que Sophie s'en approchait, les pommes de terre rôties étaient servies sur des atlas du monde, ouverts à la carte de la Hongrie. En réalité, Charles se serait pour sa part volontiers contenté de biscuits, de thé et d'un peu de whisky avant d'aller au lit. Quand la petite avait commencé à savoir lire, il avait transvasé son alcool dans une bouteille portant une étiquette « Urine de chat », afin qu'elle n'y touche pas, mais elle avait tout de même débouché la bouteille, en avait bu une infime gorgée, et fini par renifler le derrière du chat des voisins. Bien que tout aussi désagréables, les deux odeurs n'avaient rien à voir.

– Nous mangeons du pain, répondit Sophie. Et du poisson en conserve.

– Vous mangez *quoi* ? s'étonna miss Eliot.

– J'aime bien le poisson en conserve. Et nous mangeons du jambon aussi.

– Vraiment ? Je n'ai jamais vu la moindre tranche de jambon dans cette maison.

– Nous en mangeons tous les jours ! Ou plutôt… ajouta Sophie, dont l'honnêteté l'emportait toujours sur son intérêt, il nous arrive d'en manger. Et aussi du fromage. Et des pommes. Et je bois un demi-litre de lait tous les matins au petit déjeuner.

– Mais comment Charles peut-il vous laisser *vivre* dans ces conditions ? Je doute que cela soit bon pour un enfant. Ce n'est pas *approprié*.

En réalité, ils se débrouillaient très bien, mais miss Eliot ne le comprit jamais vraiment. Quand miss Eliot prononçait le mot « approprié », Sophie pensait qu'elle voulait dire « en ordre ». Charles et elle ne vivaient pas de façon ordonnée, mais l'ordre, selon Sophie, n'était pas une condition indispensable au bonheur.

– Vous savez, miss Eliot, admit Sophie, il se trouve que mon visage est de ceux qui n'ont jamais l'air soigné. Charles dit que j'ai les yeux brouillons. Sans doute à cause des mouchetures.

En effet, la peau de Sophie était très pâle, et se couvrait de marbrures dès qu'il faisait froid. De plus, aussi loin qu'elle se souvenait, ses cheveux avaient toujours été emmêlés. Mais cela ne la dérangeait pas, car c'était ainsi qu'elle se rappelait sa mère : avec la même couleur de cheveux, le même teint. Et sa mère, Sophie en était persuadée, était belle. Sa mère, elle en était certaine, sentait l'air frais et la suie, et portait des pantalons usés avec des empiècements aux genoux.

Les pantalons, justement, furent peut-être le début des ennuis. À l'approche de ses huit ans, Sophie demanda à Charles de lui en acheter.

– Un pantalon ? N'est-ce pas plutôt inhabituel pour une fille ?

– Non, répondit Sophie. Je ne pense pas. Ma mère en porte.

– En *portait*, ma petite Sophie.

– En *porte*. Des noirs. Mais j'en voudrais un rouge.

– Hum. Tu ne préférerais pas une jupe ? demanda Charles, l'air inquiet.

Sophie fit la moue.

– Non, je veux vraiment un pantalon. S'il te plaît.

Aucun de ceux qu'elle essaya dans les magasins ne lui alla. Seules les culottes courtes pour petits garçons étaient à sa taille.

– Dieu du ciel! s'exclama Charles en la voyant, tu ressembles à une leçon de mathématiques sur pattes.

Par conséquent, il lui confectionna lui-même quatre pantalons dans un coton de couleur vive et les lui offrit enveloppés dans du papier journal. L'un d'eux avait une jambe plus longue que l'autre. Sophie les adora. Miss Eliot fut outrée.

– Les filles, s'insurgea-t-elle, ne portent pas de pantalons.

Sophie la contredit fermement :

– Ma mère en portait, elle. Je le sais. Cela lui permettait de danser, quand elle jouait du violoncelle.

– C'est impossible, dit miss Eliot, entonnant son éternelle rengaine. Les femmes ne jouent pas de violoncelle, Sophie. Et vous étiez *bien* trop jeune pour vous en souvenir, de toute façon. Efforcez-vous d'être plus honnête, ma petite.

– Mais c'est la vérité. Son pantalon était noir, et grisâtre aux genoux. Et elle possédait des souliers noirs. Je m'en souviens.

– Vous vous imaginez des choses, ma chère.

La voix de miss Eliot sonnait comme un volet qui claque

– Mais je vous assure. Ce n'est pas mon *imagination*.

– Sophie…

– Vous vous trompez!

Sophie se retint d'ajouter : « Vieille chouette à face de patate ! », bien qu'elle en eût très envie. Le problème, c'était qu'on ne pouvait pas grandir auprès de Charles sans devenir poli des pieds à la tête. Faire preuve d'impolitesse donnait à Sophie la sensation de porter des sous-vêtements sales. Cependant, il lui était difficile de rester courtoise quand des gens parlaient ainsi de sa mère. Ils étaient si intimement convaincus qu'elle avait imaginé tout ça ; et elle qu'ils se trompaient.

– Rognure d'ongle ! murmura Sophie. Vieille buse ! Oui, Je m'en *souviens*.

Après quoi, elle se sentit un peu mieux.

Sophie se souvenait bel et bien de sa mère, de façon claire et précise. Point de père, mais une chevelure ondoyante, et deux jambes minces recouvertes de tissu qui battaient la mesure au rythme d'une merveilleuse musique, ce qu'elle n'aurait pu voir si ces jambes avaient été cachées sous une jupe.

Sophie se rappelait également, avec une netteté parfaite, avoir vu sa mère se cramponner à une porte flottant au milieu de la Manche.

Tout le monde disait : « Un bébé est trop petit pour se rappeler quoi que ce soit. » Ils disaient : « Tu prends tes fantasmes pour des réalités. » Elle en avait assez d'entendre ce genre de choses. Sophie était certaine d'avoir vu sa mère agiter le bras pour appeler au secours. Elle l'avait entendue siffler. Les sifflements ont un son bien particulier. Peu lui importaient les conclusions de la police, elle savait qu'elle n'avait pas sombré avec le bateau. Sophie en était obstinément convaincue.

Toutes les nuits, dans l'obscurité, elle se murmurait à elle-même : « Ma mère est toujours en vie, et un jour elle viendra me chercher. »

– Elle viendra me chercher, dit-elle aussi à Charles.

– C'est quasiment impossible, mon cœur, lui répondit-il en secouant la tête.

– *Quasiment* impossible signifie que c'est encore possible.

Sophie essayait de se tenir droite et d'adopter un ton adulte. Plus on était grand, plus on avait de chances d'être pris au sérieux.

– Tu dis toujours : il ne faut jamais négliger une possibilité.

– Mais ma chérie, c'est si hautement improbable qu'il n'est pas sérieux de croire que toute ta vie en dépend. Autant essayer de construire une maison sur le dos d'une libellule.

– Elle viendra me chercher, répéta-t-elle à miss Eliot.

Miss Eliot se montra plus directe :

– Votre mère est morte. Aucune femme n'a survécu au naufrage. Inutile de vous bercer d'illusions.

Les adultes de l'entourage de Sophie semblaient avoir du mal, parfois, à faire la distinction entre « se bercer d'illusions » et « avoir parfaitement raison mais ne pas être cru ». Sophie sentit le rouge lui monter aux joues.

– Elle viendra, dit-elle. Ou bien c'est moi qui irai la chercher.

– Non, Sophie. Ce n'est pas ainsi que fonctionne le monde.

Miss Eliot était certaine que Sophie se trompait, mais elle était également certaine que le point de croix était une chose *vitale*, et que Charles était *impossible*, ce qui prouvait bien que les adultes n'avaient pas toujours raison.

Plus tard, Sophie trouva de la peinture rouge. Elle écrivit le nom du bateau, *Queen Mary*, ainsi que la date du naufrage, sur le mur blanc de la maison, au cas où sa mère passerait par là.

Le regard de Charles, lorsqu'il la surprit en pleine action, fut pour elle une torture à supporter. Malgré tout, il l'aida à atteindre le haut du mur, puis à nettoyer les pinceaux une fois la tâche accomplie.

– Un cas à ranger, expliqua-t-il à miss Eliot, parmi les « au cas où ».

– Mais elle…

– Elle fait seulement ce que je lui ai demandé.

– Vous lui avez demandé de vandaliser votre propre maison ?

– Non, je lui ai demandé de ne négliger aucune possibilité de la vie.

3

Miss Eliot n'approuvait pas les méthodes de Charles, ni le comportement de Sophie. Elle n'aimait pas l'insouciance du premier vis-à-vis de l'argent, ni l'heure tardive à laquelle ils dînaient.

Elle n'aimait pas le regard scrutateur, attentif de Sophie. «Ce n'est pas naturel, chez une petite fille!» jugeait-elle. Elle détestait également leur manie commune de s'écrire des petits mots sur le papier peint du vestibule.

– Ce n'est pas normal! clama-t-elle un jour, tout en griffonnant sur son bloc-notes. Ce n'est pas sain!

– Bien au contraire, répliqua Charles. Plus il y a de mots dans une maison, mieux c'est, miss Eliot.

Miss Eliot n'aimait pas non plus les mains de Charles, tachées d'encre, ni son chapeau, dont le bord se décollait. Et puis elle désapprouvait les tenues de Sophie.

Il faut dire que Charles n'était pas doué pour les emplettes. Il resta une fois planté toute une journée, perplexe, au beau milieu de Bond Street, et revint avec un sac rempli de chemises de garçon. Miss Eliot était furibonde.

– Vous ne pouvez pas lui faire porter cela, protesta-t-elle en regardant la fillette. Les gens penseront qu'elle est mentalement dérangée.

Sophie baissa les yeux vers la chemise en question. Elle en tâta le tissu. Il lui parut tout à fait normal ; encore un peu raide car tout neuf, mais sinon très correct.

– À quoi pouvez-vous dire que ce n'est pas une chemise de fille ? demanda-t-elle.

– Les chemises de garçon se boutonnent de la gauche vers la droite. Les chemisiers – veuillez noter, s'il vous plaît, que le mot à utiliser pour les filles est *chemisier* – se boutonnent de la droite vers la gauche. Je suis consternée par votre ignorance en la matière.

Charles abaissa le journal derrière lequel il s'était réfugié.

– Vous êtes consternée par son ignorance en matière de *boutons* ? Les boutons ont rarement un rôle clé dans les affaires internationales.

– Je vous demande pardon ?

– Ce que je veux dire, c'est qu'elle sait ce qui est important. Pas tout, bien entendu. Elle n'est encore qu'une enfant. Mais elle sait déjà beaucoup de choses.

Miss Eliot prit un air hautain.

– Pardonnez-moi, je suis peut-être vieux jeu, mais je pense que les boutons *ont* leur importance dans la vie.

– Sophie, annonça Charles, connaît toutes les capitales de tous les pays du monde.

– *Presque* toutes, murmura Sophie, debout dans l'embrasure de la porte.

— Elle sait lire, et aussi dessiner, ajouta Charles. Elle sait différencier une tortue terrestre et une tortue marine. Elle est capable de distinguer un arbre d'un autre, et de les escalader. Ce matin même, elle me rappelait le mot désignant un groupe de cerfs.

— Une harde, dit Sophie. C'est une harde de cerfs.

— Et elle sait siffler. Il faudrait être incroyablement stupide pour ne pas se rendre compte que Sophie a un don peu commun pour le sifflement. Incroyablement stupide, ou sourd.

Charles aurait tout aussi bien pu s'abstenir de parler. Miss Eliot l'écarta d'un simple geste de la main.

— Il lui faudra de nouveaux vêtements, je vous prie, monsieur Maxim. Des chemises pour *femme*. Et Seigneur, ces pantalons !

Sophie ne voyait pas où était le problème. Les pantalons étaient simplement des jupes avec un peu plus de coutures.

— J'en ai besoin, dit-elle. Je vous en supplie, laissez-moi les garder. On ne peut pas escalader en jupe. Ou plutôt, on peut le faire, mais on risque de montrer sa culotte à tout le monde, et ce serait bien pire, non ?

Miss Eliot fronça les sourcils. Ce n'était pas le genre de personne à inclure le mot « culotte » dans son vocabulaire.

— Très bien. Je passe là-dessus pour le moment. Vous n'êtes encore qu'une enfant. Mais cela ne pourra pas durer éternellement.

— Comment ? Et pourquoi donc ? s'indigna Sophie en

24

touchant la bibliothèque du bout des doigts pour se porter chance. Bien sûr que si. Pourquoi dites-vous ça ?

– C'est absolument impossible, voyons. Dans un pays comme l'Angleterre, les femmes qui ignorent les convenances n'ont pas leur place.

Par-dessus tout, miss Eliot considérait d'un très mauvais œil la tendance de Charles à emmener Sophie en expédition pour un oui ou pour un non. Londres était une ville sale, disait-elle, et Sophie risquait d'attraper des microbes ainsi que de mauvaises habitudes.

Le jour du probable neuvième anniversaire de la fillette, Charles la fit asseoir sur une chaise et cira ses chaussures, tandis qu'elle tenait une tartine dans une main et un livre ouvert dans l'autre.

Elle se servait de ses dents pour tourner les pages. Quelques miettes mouillées de salive vinrent orner les coins du papier, mais dans l'ensemble, la méthode était satisfaisante.

Ils étaient sur le point de sortir pour se rendre à la salle de concert quand miss Eliot entra comme un ouragan dans la maison.

– Vous ne pouvez pas la laisser sortir ainsi ! s'écria-t-elle. Cette petite est dégoûtante ! Et tenez-vous donc droite, Sophie.

Charles, intrigué, baissa les yeux vers le sommet du crâne de sa pupille.

– Vous trouvez ? demanda-t-il.

– Monsieur Maxim, aboya miss Eliot. Elle est couverte de confiture sur tout le haut du corps !

– Certes, admit Charles en regardant la femme avec une perplexité courtoise. Mais est-ce si grave ?

Finalement, voyant miss Eliot se saisir de son bloc-notes, il prit un chiffon et nettoya Sophie avec une extrême délicatesse, comme on époussette un tableau.

Miss Eliot fit la grimace.

– Elle en a aussi sur la manche.

– La pluie terminera le travail, non ? C'est son anniversaire.

– La saleté n'épargne pas les jours d'anniversaire ! Et vous ne l'emmenez pas au zoo, que je sache.

– Je vois. Préféreriez-vous que je l'emmène au zoo ?

Charles inclina la tête. Il ressemblait, pensa Sophie, à une panthère particulièrement bien élevée.

– Il n'est pas trop tard pour changer nos billets.

– Ce n'est pas ce que je voulais dire ! Elle vous fera honte. Je serais gênée d'être vue en sa compagnie.

Charles regarda fixement miss Eliot. Celle-ci fut la première à baisser les yeux.

– Sophie a des souliers brillants et des yeux tout aussi brillants. C'est assez d'élégance. Joyeux anniversaire, mon enfant, ajouta-t-il en lui tendant les billets.

Il lui embrassa ensuite le front – son baiser annuel d'anniversaire –, puis l'aida à descendre de sa chaise.

Sophie avait découvert qu'il existait de nombreuses façons d'aider les gens à descendre de leur chaise. C'était d'ailleurs une chose très révélatrice à observer. Miss Eliot, par exemple, vous en poussait avec une cuillère en bois. Charles, lui, le fit avec précaution, du bout des doigts, comme s'ils entamaient une danse – et il siffla la section des cordes du *Così fan tutte* de Mozart sur tout le chemin jusqu'au bas de la rue.

– La musique, Sophie ! La musique est folle et merveilleuse.

– Oui !

Charles avait gardé secrets ses projets d'anniversaire, mais son excitation était contagieuse. Sophie sautillait à côté de lui.

– Quel genre de musique ce sera ?

– De la musique classique, Sophie, répondit-il, le visage irradiant de bonheur et les doigts frémissants. Une musique intelligente, compliquée.

– Ah. C'est… fantastique, dit Sophie, qui était une piètre menteuse. Nous allons bien nous amuser.

Tout compte fait, pensa-t-elle, *j'aurais* vraiment *préféré aller au zoo*. Sophie n'avait quasiment jamais entendu de musique classique, et si elle avait pu en rester là, elle s'en serait très bien portée. Elle aimait les chansons traditionnelles, et les airs sur lesquels on pouvait danser. Combien d'enfants fraîchement âgés de neuf ans pouvaient affirmer sans mentir qu'ils aimaient la musique classique ? Très peu, selon elle.

Le début du concert ne fut guère prometteur. Elle trouva interminable la partie au piano. Le pianiste portait une moustache, et faisait le genre de grimaces que Sophie associait aux gens qui ont une forte envie de se gratter.

– Charles ?

La fillette jeta un coup d'œil à Charles, et vit que ses lèvres étaient légèrement entrouvertes et ourlées, ce qui signifiait un état de plaisir intense et de grande écoute.

– Charles ?

– Qu'y a-t-il, Sophie ? Essaie de chuchoter s'il te plaît.

– Charles, est-ce que ça va encore être long ? Je veux dire, ce n'est pas que je ne trouve pas ça magnifique, précisa-t-elle en croisant les doigts derrière son dos. C'est juste que… je me demandais, tout simplement.

– Il reste à peine une heure de concert, hélas. Je pourrais passer ma vie ici, sur ce siège, pas toi ?

– Ah. *Une heure ?*

Sophie eut du mal à tenir en place. Elle mordilla le bout de sa natte. Elle remua les orteils en tous sens. Elle s'interdit de se ronger l'ongle du pouce, puis se désobéit. Finalement, elle avait presque rejoint le pays des songes quand trois violons, un violoncelle et un alto entrèrent en scène, escortés par leurs musiciens.

Ils se mirent à jouer, et ce fut une musique différente. Plus douce, et plus sauvage aussi. Sophie se redressa convenablement, puis s'avança tellement sur son siège qu'à peine un centimètre de son postérieur le touchait encore. C'était si beau qu'elle en avait le souffle coupé. Si la musique avait émis une lumière, pensa Sophie, alors cette musique-là aurait été éblouissante. C'était comme si toutes les voix de tous les chœurs de la ville résonnaient ensemble dans une seule et unique mélodie. Elle eut l'étrange sensation que son cœur se gonflait dans sa poitrine.

– C'est comme huit mille oiseaux, Charles ! Charles !
Tu ne trouves pas que c'est comme huit mille oiseaux ?

– Oui ! Mais chut, Sophie.

La mélodie s'accéléra, et le cœur de Sophie battit
la mesure. C'était familier et nouveau à la fois. Ça lui
chatouillait les doigts et les orteils.

La fillette n'arrivait plus à tenir ses jambes tran-
quilles. Elle s'agenouilla sur son siège. Puis, au bout d'un
moment, elle se risqua à un murmure :

– Charles ? Écoute ! Le violoncelle ! Il chante, Charles !

Quand le morceau prit fin, elle applaudit jusqu'à ce
que tous les autres spectateurs aient cessé d'applaudir et
jusqu'à ce que ses mains brûlent et se couvrent de taches
rouges. Elle applaudit jusqu'à ce que tous les regards
soient tournés vers elle, la petite fille aux cheveux de la
couleur des éclairs, et dont les yeux et les souliers illu-
minaient toute la deuxième rangée.

Il y avait un je-ne-sais-quoi dans cette musique qui
parlait à Sophie.

– J'ai l'impression, expliqua-t-elle à Charles, d'être
chez moi. Tu vois ce que je veux dire ? C'est comme une
bouffée d'air pur.

– Vraiment ? Dans ce cas, conclut Charles, je crois
que nous devrions t'acheter un violoncelle.

Le violoncelle qu'ils choisirent était petit, mais malgré tout trop volumineux pour qu'elle puisse en jouer
à son aise dans sa chambre. Charles débloqua donc la

lucarne du grenier et, les jours où il ne pleuvait pas, Sophie pouvait grimper sur le toit et jouer de son instrument, au milieu des feuilles mortes et des pigeons.

Bien interprétée, la musique avait le pouvoir de nettoyer le monde de toutes ses contrariétés et de tous ses tracas pour le rendre étincelant. Quand, après plusieurs heures d'exercices, Sophie s'étirait en clignant des yeux et reposait son archet, elle se sentait plus forte et plus courageuse. Comme si elle venait de déguster un bon bol de clair de lune à la crème. Les jours où ses efforts ne payaient pas, la musique s'apparentait davantage à une corvée, comme par exemple se brosser les dents. Sophie en avait conclu que les bons jours et les mauvais jours se divisaient en parts égales. Le jeu en valait la chandelle.

Personne ne venait l'importuner sur son toit. En ardoise grise et lisse, il était délimité par une balustrade en pierre. Celle-ci arrivait au menton de Sophie. Si les gens, en bas, levaient les yeux, ils n'apercevaient qu'une chevelure flamboyante et un coude fléchi.

– J'aime le ciel, lança-t-elle un soir, sans réfléchir.

Elle se mordit aussitôt les lèvres ; les autres filles se moquaient si vous disiez ce genre de choses.

Mais Charles se contenta de poser une part de tourte au porc sur la Bible et d'approuver d'un signe de tête.

– Tu m'en vois ravi, dit-il.

Il ajouta une bonne cuillerée de moutarde et tendit le livre à Sophie.

– Seuls les faibles penseurs n'aiment pas le ciel.

Sophie avait à peine appris à marcher qu'elle savait déjà escalader. Elle avait commencé par les arbres, qui constituent l'itinéraire le plus court pour atteindre le ciel. Charles l'avait toujours accompagnée. Ce n'était pas le genre d'homme à crier des « Non, ne fais pas ça » ou « Accroche-toi bien ». Il se tenait plutôt au pied de l'arbre et hurlait :

– Plus haut, Sophie ! Oui, bravo ! Attention aux oiseaux ! Ces oiseaux sont magnifiques vus d'en bas !

4

L'étui à violoncelle d'origine – le radeau de sauvetage de Sophie – était rangé au pied du lit de la fillette. Pour son onzième anniversaire, Charles le ponça afin d'en ôter la moisissure et acheta de la peinture.

– De quelle couleur le veux-tu ? demanda-t-il à Sophie.

– Rouge. Le rouge est à l'opposé des couleurs de l'océan.

Sophie avait du mal à aimer l'océan.

Charles peignit donc l'étui à violoncelle en rouge, du rouge le plus vif qu'il put trouver, et y installa une serrure. Sophie y entassa tous ses objets précieux, ainsi que quelques en-cas nocturnes. Elle ne l'ouvrait que pour son plaisir personnel, ou après l'un de ses obscurs cauchemars marins.

Si Sophie avait su à quel point l'étui à violoncelle se révélerait crucial par la suite, elle n'y aurait sans doute pas rangé du miel, lequel se débrouille toujours pour couler. Mais à ce moment-là, elle l'ignorait encore. Comme disait Charles, il était impossible de tout savoir.

Son tuteur lui conseilla de ne pas accorder trop d'importance à l'objet.

– Sois prudente, car chérir une chose comme un trésor est parfois une erreur, lui dit-il. Nous ne pouvons pas affirmer que cet étui t'appartient légitimement, Sophie. Tu ne pourras peut-être pas le garder. Quelqu'un pourrait venir le réclamer.

– Oui, je sais ! répondit Sophie avec un grand sourire. Quelqu'un *viendra* le réclamer. Ma mère. Quand elle m'aura retrouvée.

Sophie cracha ensuite dans la paume de sa main et croisa les doigts pour se porter chance. C'était devenu un réflexe ; elle crachait et croisait les doigts au moins cent fois par nuit.

– Nous ne sommes pas sûrs non plus qu'il appartenait à ta mère. Elle l'a peut-être attrapé à la hâte pendant le naufrage du bateau. Il n'y a pas beaucoup de femmes violoncellistes, Sophie. En fait, il n'en existe même aucune, à ma connaissance. Le violon est plus courant chez elles.

– Non, insista Sophie. C'était un violoncelle. Je le sais. Je m'en souviens. Je me souviens de ses doigts autour de l'archet.

Charles hocha poliment la tête, comme à chaque fois qu'il n'était pas d'accord.

– Et moi, je me souviens bien du bateau, Sophie. Je me souviens de l'orchestre. Mais je ne me souviens pas d'avoir vu une femme au violoncelle.

– Moi si.

– C'est impossible, Sophie. L'orchestre n'était composé que de moustachus aux cheveux pommadés.

– Je m'en *souviens*, Charles ! Pour de bon !

– Je sais.

Charles affichait un air si triste qu'elle ne put le regarder davantage. Elle baissa les yeux sur ses chevilles, la mine renfrognée.

– Mais, mon cœur, tu n'étais qu'un bébé, ajouta-t-il.

– Cela ne veut pas dire que je ne me souviens de rien. Je l'ai vue, Charles, c'est *vrai*. Et je me souviens du violoncelle.

Toujours les mêmes arguments. *Comment faire pour que les gens vous croient ?* se demanda-t-elle. La tâche était trop laborieuse et trop complexe. C'était peine perdue.

– Je l'ai vue flotter. Je t'assure !

Elle serra les poings. Si elle n'avait pas aimé Charles aussi fort, elle aurait pu lui cracher au visage.

– Et pourtant, ma chérie, *je* n'ai rien vu. Moi aussi, j'y étais, dit-il.

Il poussa alors un soupir si profond que les rideaux en frémirent.

– Je sais que c'est dur, Sophie. La vie est dure. Mon Dieu, la vie est la chose la plus dure au monde ! On ne le dit pas assez.

Presque tous les soirs, Sophie s'adonnait à l'observation des mamans. Elle éteignait sa bougie et s'asseyait sur le rebord de la fenêtre, les jambes dans le vide, pour guetter les mères qui passaient dans la rue. Celles aux visages vifs et intelligents avaient sa préférence. Certaines portaient dans leurs bras des enfants endormis ; de gros bébés ou des nouveau-nés dont les jambes formaient des angles bizarres. Parfois, elles chantaient en passant sous les pieds de Sophie.

Ce soir-là, elle se munit de son carnet à dessin. Il était recouvert de cuir, et un peu déformé car elle le gardait sous son oreiller. Elle y dessinait à chacun de ses anniversaires.

Son crayon était mal taillé, et elle en mâchouilla la pointe pour l'affûter. Puis elle ferma les yeux, et se plongea dans sa mémoire. Elle dessina un pantalon noir, élimé aux genoux (« élimé aux genoux » est une chose étonnamment difficile à dessiner, mais elle fit de son mieux), et au-dessus un buste et une tête de femme. Elle ajouta des cheveux. Comme elle n'avait pas de crayons de couleur, elle se mordit un doigt là où une petite peau dépassait et utilisa un peu de sang pour peindre la chevelure en rouge. Au moment d'esquisser les traits du visage, Sophie hésita.

« Ah », soupira-t-elle. Et puis : « Réfléchis. » Et ensuite : « S'il te plaît. »

Hélas, la seule chose qui lui vint fut une image floue. Finalement, Sophie dessina un arbre secoué par le vent, puis des cheveux qui barraient le visage de la femme.

Une mère, pensait-elle, était quelque chose de vital, comme l'air et l'eau. Même une mère de papier valait mieux que rien du tout. Même une mère imaginaire. Une mère, c'était un lieu où déposer son cœur. Une aire de repos où reprendre son souffle.

Sous son dessin, Sophie écrivit « Ma mère ». Comme son doigt saignait encore, elle dessina une fleur à l'oreille de la femme et la teinta de rouge.

Tous les soirs avant de s'endormir, Sophie se racontait des histoires dans lesquelles sa mère finissait par la retrouver. Ces histoires étaient longues, et la fillette avait du mal à s'en souvenir le lendemain matin, mais à chaque fois, elles se terminaient par une danse. Quand Sophie pensait à sa mère, elle pensait toujours à la danse.

5

Quand Sophie atteignit l'âge de douze ans, sa tendance à briser les assiettes avait presque disparu, de sorte
que les livres rangés dans la cuisine purent reprendre
leur place dans le bureau de Charles. Ce dernier l'y
convoqua justement pour lui remettre son cadeau d'anniversaire. Il était posé sur le bureau : une tour carrée
enveloppée dans du papier journal.

– Qu'est-ce que c'est ? demanda Sophie.

Le présent avait la taille d'une armoire de toilette,
mais même de la part d'un être aussi excentrique que
Charles, cela semblait assez invraisemblable.

– Ouvre-le.

Sophie déchira le papier.

– Oh !

Un fouillis de mots se bouscula sans pouvoir sortir
de sa bouche. C'était une pile de livres, dont chacun
avait une reliure de cuir de couleur différente. Ce cuir
étincelait, malgré le ciel gris au-dehors.

– Il y en a douze. Un pour chaque année.

– Ils sont magnifiques. Mais… Charles, ils ont dû te coûter une fortune !

Rien qu'en les regardant, on les devinait doux et chauds au toucher. Un cuir de cette qualité ne pouvait pas être bon marché.

Charles haussa les épaules.

– Douze ans est l'âge idéal pour commencer à collectionner les belles choses, dit-il. Chacun de ces livres était l'un de mes préférés.

– Merci ! Merci.

– C'est à cet âge que les lectures se gravent dans la mémoire. Les livres sont des clés qui ouvrent toutes les serrures du monde.

– Ils sont parfaits.

Sophie les tourna en tous sens. Elle en huma l'intérieur. Le papier sentait la mûre sauvage et la bouilloire en étain.

– Je suis ravi qu'ils te plaisent. Cela dit, si tu continues à corner les pages de cette façon, je vais être obligé de t'assommer à coups de *Robinson Crusoé*.

Quand elle eut fini d'examiner le dernier ouvrage (*Les Contes de Grimm*, dont l'illustration de couverture était prometteuse), Charles se dirigea vers le rebord de la fenêtre et en revint avec un pot de crème glacée. Gros comme la tête de Sophie.

– Joyeux anniversaire, ma chérie.

Sophie trempa un doigt dans le pot, ce qui d'ordinaire n'était pas permis, mais pouvait sans doute passer le jour de son anniversaire. La glace était onctueuse et sucrée. Elle y planta ensuite la règle graduée de Charles pour extraire une énorme bouchée, puis leva vers lui un visage béat.

– C'est parfait, dit-elle. Merci. Ça a exactement le goût que devraient avoir les anniversaires.

Charles pensait que les mets avaient plus de saveur si on les dégustait dans de jolis endroits : au cœur d'un jardin, au milieu d'un lac, sur un bateau.

– J'ai une théorie, annonça-t-il. D'après moi, le meilleur endroit pour manger de la glace est sous la pluie, sur le siège extérieur d'une voiture tirée par quatre chevaux.

Sophie le regarda du coin de l'œil. Il n'était pas toujours facile de détecter la plaisanterie chez Charles.

– Vraiment ?

– Tu ne me crois pas ? demanda-t-il.

– Non, je ne te crois pas.

Sophie lutta pour conserver une expression sérieuse. Elle sentait le rire monter en elle. Il emplissait sa poitrine telle la menace d'un éternuement.

– Eh bien, pour être honnête, je n'en suis pas certain, admit Charles. Mais cela pourrait être tout à fait vrai. Toi et moi, nous allons sortir et faire le test. Il ne faut jamais négliger une possibilité !

– Fantastique !

Les voitures tirées par quatre chevaux étaient, d'après Sophie, la plus belle invention du monde. Elle s'y sentait comme une reine guerrière.

— Pourra-t-on demander à faire galoper les chevaux ?

— Bien entendu, dit Charles. Mais tu devrais d'abord te changer pour enfiler un pantalon. Cette jupe me donne l'impression que tu as détroussé une bibliothécaire.

— Oui ! Je me dépêche.

Sophie rassembla tous ses livres dans ses bras. Elle pouvait à peine y voir par-dessus la pile.

— Et ensuite ?

— Et ensuite, nous partirons en quête d'un fiacre. Par chance, il se trouve qu'il pleut.

Charles ne s'était pas trompé. Dans leur course folle, de virage en virage, la pluie leur battait le visage tandis que Sophie sentait la crème glacée couler le long de son poignet. Ses cheveux lui fouettaient le dos comme des serpents mouillés. Manger devenait un défi, mais Sophie aimait les défis.

Quand ils rentrèrent, dégoulinants d'eau et rassasiés de glace, une lettre les attendait sur le paillasson. D'un seul regard à l'enveloppe, Sophie devina qu'il ne s'agissait pas d'une carte d'anniversaire. Sa bonne humeur s'évanouit en un éclair.

Charles lut la lettre, les traits crispés.

— Qu'est-ce que c'est ? demanda Sophie.

Elle essaya de lire par-dessus son épaule, mais son tuteur était trop grand.

— Qui nous écrit ? Que veulent-ils ?

— Je ne suis pas sûr de comprendre.

Le visage de Charles s'était métamorphosé. En l'espace d'une minute, il était devenu méconnaissable.

– Une inspection doit avoir lieu, semble-t-il.

– Une inspection de quoi ? De moi ?

– De nous. Il s'agit des Services nationaux d'Aide à l'Enfance. Ils disent avoir des doutes sur mes capacités à m'occuper de toi, maintenant que tu es une jeune femme. Selon eux, je ne serais pas apte à t'inculquer les bonnes manières, celles que l'on attend d'une dame.

– Quoi ? Mais c'est insensé !

– C'est souvent le cas avec l'administration.

– Et je n'ai que douze ans ! Je suis même encore très proche de mes onze ans.

– Néanmoins, ils ont l'intention de nous rendre visite.

– Qui ça, *ils* ? Qui nous écrit ?

– Deux hommes. L'un d'eux s'appelle Martin Eliot. Quant au second, je n'arrive pas à déchiffrer son nom.

– Mais pourquoi ? Pourquoi est-ce que deux étrangers devraient décider de ce qui est bien pour moi ? Ils ne me connaissent pas ! Pour qui se prennent-ils, ces hommes ?

– Des hommes ! Non, je connais ce genre d'individus. Ce ne sont pas des hommes. Ce sont des moustaches auxquelles on a attaché des idiots.

Sophie pouffa d'un rire nasillard, puis se frotta les yeux.

– Alors, qu'est-ce qu'on va faire ?

– Le ménage, je suppose.

Ensemble, Charles et Sophie inspectèrent donc le vestibule. Elle le trouva suffisamment propre, si on omettait les poèmes qu'elle avait recopiés sur le papier peint et les toiles d'araignées. Sophie aimait les araignées, et les contournait toujours quand elle faisait la poussière.

– Faut-il que j'enlève les araignées ?

– J'en ai bien peur, dit Charles. Quant à moi, je vais devoir couper le lierre.

L'année précédente, un lierre grimpant s'était frayé un chemin par la fenêtre et avait envahi un des murs de l'entrée. Il s'était posé tel un chapeau du dimanche sur le portrait de la grand-mère de Charles. Sophie adorait ce lierre.

– Tu ne pourrais pas laisser les tiges qui poussent sur grand-mère Pauline ? Ils ne remarqueront pas, si ?

– Je le pourrais, sans doute.

De toute évidence, sa grand-mère était le dernier des soucis de Charles.

– Mais il faut aussi qu'on s'occupe de toi, Sophie, ajouta-t-il.

– Moi ? Que veux-tu dire ? demanda-t-elle, se sentant rougir. Quelque chose ne va pas chez moi ?

– À mes yeux, bien sûr, tu es aussi proche de la perfection qu'un être humain puisse l'être. Mais j'ai quelques soupçons – reprends-moi si je me trompe – concernant tes cheveux ; je crains qu'ils ne reçoivent nullement l'approbation de ces gens. Non, pas devant. Là, derrière.

Sophie tâta l'arrière de sa tête.

– Qu'est-ce qui cloche ?

– Rien ne cloche véritablement. C'est juste que cela ressemble à une pelote de ficelle. Lorsqu'on évoque les cheveux, je crois qu'on les compare plus communément à une *cascade*, ou à une *vague*.

– Oh !

– Il disait sans doute vrai. Elle n'avait jamais lu de roman dans lequel l'héroïne arborait une *pelote* de cheveux.

– Laisse-moi m'en occuper, dit-elle.

Ce soir-là, Sophie entra en guerre contre sa chevelure. Au début, celle-ci prit l'avantage. Le nœud était situé à la base de son cou, autrement dit à l'endroit le plus délicat à atteindre. Les nœuds avaient cette fâcheuse tendance. Sophie tira dessus avec acharnement, et se retrouva avec une poignée de cheveux sur les genoux, le nœud étant toujours aussi énorme. Elle se vengea alors à coups de peigne, mais l'objet se cassa en deux, et demeura dans sa tignasse, pendouillant.

– Nom d'un chien, marmonna-t-elle.

Sophie descendit en courant à la cuisine, où elle s'empara d'une paire de ciseaux. Elle les ficha dans la zone à éradiquer, se mordit la langue pour se donner du courage, et coupa. Ce geste lui procura une étonnante satisfaction. Une fois débarrassée du peigne et d'une grande partie du nœud, elle ramena ses cheveux sur le côté et se fit une grosse natte. À moins d'y regarder de près, se dit-elle, la supercherie était insoupçonnable. Elle se palpa délicatement le cuir chevelu. Se donner l'apparence d'une dame était une bien pénible entreprise.

Le jour de l'inspection, Sophie se brossa les mains jusqu'à ce que ses ongles soient rutilants et ses phalanges à demi écorchées. Charles lustra les chaussures de sa pupille avec de la cire de bougie et un morceau de charbon, puis, comme ils n'avaient pas de fer à repasser, défroissa les vêtements de Sophie à l'aide d'une brique chaude. Il nettoya le sol et elle savonna les murs jusqu'à effacer la moitié des motifs du papier peint. Elle posa partout des pots remplis de fleurs. Toute la maison embaumait les pétales de rose et le savon.

– Je trouve ça bien, déclara Sophie.

Cette maison qu'elle avait toujours adorée lui parut, ce jour-là, plus belle que jamais.

– Je trouve ça parfait.

Ensuite, incapables de tenir en place, ils rôdèrent nerveusement autour de la porte d'entrée. À la dernière minute, une idée traversa l'esprit de Sophie.

– Combien ai-je de temps avant qu'ils n'arrivent ? demanda-t-elle à Charles.

– Environ trois minutes. Pourquoi ?

– Je reviens tout de suite.

Elle monta les marches quatre à quatre. Dans sa chambre, elle se poudra le nez avec du talc et frotta de la peinture rouge sur ses joues et ses lèvres. Elle n'avait pas de miroir. Elle espéra que le résultat était satisfaisant.

Charles cligna des yeux en la voyant redescendre.

Les soupçons de Sophie s'intensifièrent : son maquillage devait faire plus «clown» que «jeune femme distinguée».

Cependant, avant que l'un ou l'autre n'ait pu émettre la moindre remarque, on sonna à la porte.

La femme qui se tenait sur le seuil avait un bloc-notes à la main et un visage aussi triste qu'une chaussette mouillée. L'homme qui l'accompagnait portait un attaché-case et était doté d'une pilosité faciale peu commune. Sophie lui trouva un air vaguement familier.

Charles murmura «Moustache», et Sophie lutta pour ne pas éclater de rire.

Ils conduisirent leurs visiteurs dans le salon. Ces derniers déclinèrent toute proposition de thé, et commencèrent leur interrogatoire sur-le-champ. Sophie se tint à une certaine distance des inspecteurs en faisant la grimace. Elle avait l'impression de se trouver sous le feu de l'ennemi.

– Pourquoi l'enfant n'est-elle pas à l'école ? demanda la femme.

Sophie attendit une réponse de la part de Charles. Celle-ci ne venant pas, elle dit :

– Je ne vais pas à l'école.

– Et pourquoi donc ? demanda l'homme.

– Je m'instruis auprès de Charles.

– Recevez-vous des leçons en bonne et due forme ? interrogea la femme, l'air sceptique.

– Oui ! s'exclama Sophie. Bien sûr que oui.

Une phrase bien utile lui vint alors à l'esprit :

– Charles dit que sans la connaissance, on ne voit que la moitié du monde.

– Hum. Et ces leçons ont-elles lieu tous les jours ?

– Oui, mentit Sophie.

En réalité, Charles lui faisait la classe quand l'un ou l'autre y pensait, et Sophie trouvait cela très facile à oublier.

– Savez-vous lire ? demanda la femme.

– Oui, bien sûr !

Quelle question stupide. Aussi loin qu'elle se souvenait, Sophie avait toujours su lire, de même qu'elle avait toujours su marcher.

– Étudiez-vous les mathématiques ?

– Euh, oui, répondit Sophie.

C'était vrai. Plus ou moins.

– Cependant, je déteste la table de sept. Je préfère celles de huit et de neuf.

– Êtes-vous capable de réciter votre catéchisme ?

– Non.

Sophie sentit son cœur se figer.

– J'ignore de quoi il s'agit. Est-ce un poète ? Je peux vous réciter presque tout Shakespeare, si vous voulez.

– Non, merci. Ce ne sera pas nécessaire. Savez-vous cuisiner ?

Sophie hocha la tête.

– Des plats de base, de la pâte à pain, un bon diplomate pour les réceptions ? ajouta la femme.

– Euh, oui, je crois que oui.

Ce n'était pas un mensonge, se dit la jeune fille avec

conviction. Elle n'avait jamais confectionné de diplomate, mais quiconque savait lire savait cuisiner, à condition d'avoir les bons livres.

– Vous n'êtes pas correctement nourrie, c'est évident. Vous êtes voûtée, et votre teint est trop pâle. Pourquoi cette petite est-elle si pâle ?

Pour la première fois, Charles prit la parole :

– Elle n'est pas trop pâle. Elle est de l'étoffe dont est tissée la lune.

La femme émit un grognement. L'homme, l'esprit ailleurs, promenait son regard dans la pièce.

– Les cours ont-ils lieu ici même ? demanda-t-il à Sophie.

– Ils ont lieu principalement…

Elle s'apprêtait à répondre « sur le toit », mais Charles ouvrit de grands yeux pour l'en empêcher et secoua la tête de la façon la plus subtile qui soit.

– Oui, dit-elle. Ils ont lieu ici la plupart du temps.

– Dans ce cas, où se trouve votre tableau noir ?

Aucune réponse convaincante à cette question ne lui venant à l'esprit, Sophie répondit par la vérité :

– Nous n'avons pas de tableau noir.

– Et comment pouvez-vous apprendre quoi que ce soit sans tableau noir ? demanda la femme.

– Eh bien, j'ai des livres. Et du papier. Et puis, ajouta Sophie dont le visage s'était illuminé, j'ai aussi le droit d'écrire et de dessiner sur les murs, tant que je ne le fais pas dans le salon. Ni dans le vestibule, sauf si c'est derrière le portemanteau.

Pour une raison mystérieuse, cette réponse ne sembla pas rassurer l'inspectrice. Celle-ci se leva, puis se tourna vers son acolyte.

– Si nous commencions ? Je tremble à l'idée de ce que nous allons découvrir.

Les visiteurs traversèrent après ça toutes les pièces de la maison d'un pas décidé, comme s'ils avaient l'intention de l'acheter. Ils inspectèrent les draps à la recherche de trous et les rideaux à la recherche de poussière, et plongèrent le nez dans le garde-manger. Ils prirent note de la présence de rangées de fromages et de pots de confiture. Enfin, ils montèrent dans la chambre de Sophie, située au grenier, où ils explorèrent le contenu de sa commode.

La femme tira un pantalon rouge d'un tiroir, et l'homme secoua la tête d'un air affligé. En découvrant un pantalon vert – lequel avait accumulé quelques taches remarquables au niveau des chevilles –, sa collègue frémit d'horreur.

– C'est inacceptable ! s'écria-t-elle. Je trouve choquant, monsieur Maxim, que vous permettiez ceci.

– Mais il ne *permet* rien du tout, dit Sophie. Je veux dire, ils sont à moi. Charles n'a rien à voir là-dedans.

– Tenez votre langue, jeune fille, je vous prie.

Sophie mourait d'envie de frapper cette mégère. Charles se rapprocha d'elle, mais resta muet. Il avait à peine ouvert la bouche depuis leur arrivée. Il garda le silence en descendant l'escalier, et ce ne fut qu'au moment de leur serrer la main qu'il murmura quelques mots à l'intention des inspecteurs. Sophie tendit l'oreille, mais en vain. Elle ferma la porte derrière eux et se laissa tomber sur le tapis.

– Qu'ont-ils dit ? Je m'en suis bien sortie ?

Elle mordilla le bout de sa natte.

– Je les ai détestés, pas toi ? J'avais envie de cracher. Cet homme ! Il a une face de babouin.

– En effet, il me semble illustrer à merveille la théorie de l'évolution. Et la femme ! J'ai rencontré des grilles en fer forgé qui avaient davantage d'humanité et de générosité.

– Qu'ont-ils dit, en partant ?

– Qu'ils allaient rédiger un rapport.

– Ce n'est pas tout, n'est-ce pas ? Vous avez parlé plus longtemps que ça.

– Je crois que nous devrions avoir une discussion tous les deux. Quel est le meilleur endroit pour cela ? La cuisine ?

Sophie ne voulait rester nulle part où les inspecteurs avaient posé les pieds. La maison lui paraissait humide et froide après leur passage.

– Non, le toit, dit-elle.

– Bien entendu. Je vais chercher du whisky. Et si tu courais à la cuisine prendre le pot de crème ? La crème est toujours un précieux réconfort, me semble-t-il, après des journées comme celle-ci.

Sophie courut. Le pot était rangé au frais dans le compartiment à glace. Elle prit aussi de la confiture, et une miche de pain tout juste sortie du four. Elle retrouva Charles perché sur un conduit de cheminée.

– Assieds-toi. Prends un peu de whisky.

Il balaya le toit du regard à la recherche d'un verre, puis lui tendit la bouteille.

– Juste une gorgée.

L'alcool fit tousser et cracher Sophie.

– Considère ça comme un médicament. Voilà, c'est bien. Est-ce que ça va ?

– Oui, bien sûr. Que se passe-t-il ? Qu'ont-ils dit ?

– Sophie. Tu dois faire un effort et croire ce que je vais t'annoncer. Tu dois essayer de comprendre. Peux-tu faire ça pour moi ?

– Évidemment, dit Sophie en lui lançant un regard indigné. Pourquoi poser la question ?

– Fais-moi confiance, ma chérie. Croire demande un certain talent.

– Très bien. Je te croirai. De quoi s'agit-il ?

– Prends du pain avec de la confiture. Tu peux le tremper dans le pot de crème.

– De quoi *s'agit-il*, Charles ?

Charles saisit un morceau de pain et le roula entre son index et son pouce.

– Premièrement, dit-il, s'ils devaient t'enlever à moi, cela me briserait le cœur. Tu es la plus grande aventure de ma vie. La lumière de mon quotidien.

Il baissa les yeux sur elle.

– Comprends-tu cela, Sophie ? Me crois-tu ?

Sophie hocha la tête, puis rougit, comme à chaque fois qu'une personne disait quelque chose de gentil sur elle.

– Oui, je pense que oui.

– Mais je ne peux rien faire pour arrêter ces gens. Au regard de la loi, tu n'es pas mon enfant, mais la propriété de l'État. Comprends-tu cela ?

– Non, pas du tout. C'est stupide !

– J'en conviens parfaitement. Cependant, c'est ainsi, ma chérie.

– Comment puis-je appartenir à l'État ? L'État n'est pas une personne. L'État ne peut pas aimer.

– Je le sais. Malgré tout, je crois qu'ils ont l'intention de te reprendre à moi. Ces deux individus n'ont rien dit de précis. Mais ils ont fait des allusions.

Sophie sentit soudain tout son corps se glacer.

– Ils ne peuvent pas faire ça.

– Si, ils le peuvent, ma chère enfant. Les gouvernements sont capables des plus belles choses comme des plus idiotes.

– Et si on s'enfuyait ? Dans un autre pays ? Nous pourrions aller en Amérique.

– Ils nous en empêcheraient, Sophie. Ils me dénonceraient à la police pour kidnapping.

– Qu'en sais-tu ? Je te parie qu'ils ne le feraient pas !

Sophie se leva d'un bond et le tira par la main, la manche, les cheveux.

– Quittons la ville. Partons, tout simplement, Charles. Sans rien dire à personne. Avant qu'ils ne transmettent leur rapport. Je t'en *supplie* !

Il n'avait pas bougé. Elle s'accrochait à lui.

– Je t'en *supplie*.

– Je suis tellement désolé, mon petit cœur.

Charles avait l'air deux fois plus vieux que le matin même, et Sophie crut entendre craquer les os de son cou quand il secoua la tête.

– Ils nous retrouveraient et te ramèneraient de force, ma chérie, poursuivit-il. Il y a certaines personnes sur cette terre qui se couvrent de boutons à la seule idée qu'on enfreigne les règles. Miss Eliot en fait partie. Martin Eliot également.

Sophie se redressa brusquement.

– *Eliot !* Je savais bien qu'il me rappelait quelqu'un ! Charles, crois-tu qu'ils sont parents ?

– Dieu du ciel ! Mais oui, c'est tout à fait possible. Seigneur ! Elle m'a effectivement dit un jour que son frère travaillait dans l'administration.

– La sorcière !

D'une certaine façon, penser à miss Eliot était réconfortant. La colère était moins pénible que le chagrin.

– Je ne me laisserai pas faire, tu sais.

Sophie se sentait plus forte, et plus importante aussi, rien qu'en l'affirmant.

– Je ne partirai pas.

Se jurer d'être forte était une chose. L'être vraiment quand la lettre arriva en était une autre.

C'était un lundi matin, sous la grisaille. Le courrier était adressé à Charles, mais Sophie l'aurait ouvert malgré tout s'il ne le lui avait pas pris gentiment des mains.

Elle scruta son visage, hésitant et crispé : il était impossible à déchiffrer.

— Je peux voir ? Laisse-moi voir ! dit-elle sans le laisser terminer sa lecture. Qu'écrivent-ils ? Tout va bien ? Je peux rester ? Dis-moi que oui. Laisse-moi voir.

— Ce n'est… Ce n'est pas…

Pour une fois, les mots semblaient manquer à Charles. Il lui tendit la lettre. Sophie la leva dans la lumière.

Cher Monsieur Maxim,

Nous, soussignés, vous écrivons afin de vous informer des nouvelles mesures qui ont été prises dans le cadre de notre politique de garde concernant les personnes de sexe féminin âgées de douze à dix-huit ans.

Sophie prit une mine renfrognée.

— Pourquoi faut-il qu'ils parlent comme ça ?

Elle détestait les courriers officiels. Ils la rendaient nerveuse. À croire que ces gens avaient un classeur à la place du cœur.

— Continue de lire, Sophie.

Charles avait adopté un ton grave qu'elle ne lui connaissait pas.

Le comité a conclu à l'unanimité qu'une jeune femme ne devrait pas être élevée par un homme seul avec lequel elle n'a aucune parenté, sauf dans des circonstances exceptionnelles. Dans le cas de votre pupille, Sophia Maxim, nous

avons jugé que certains éléments de son éducation étaient
totalement inappropriés pour un enfant de sexe féminin.

– *Certains éléments ?* De quoi parlent-ils ? s'indigna
Sophie en frappant la lettre du doigt. Je ne comprends pas !
– Je ne sais pas. Mais j'ai quelques idées.
– Ils font allusion à mes pantalons, n'est-ce pas ?
C'est insensé ! Ces gens sont le mal incarné !
– Continue de lire, dit Charles.

Par conséquent, nous devons vous informer que votre
pupille vous sera retirée pour intégrer l'orphelinat Sainte-
Catherine dans le nord du Leicestershire. Toute opposition
de votre part à cette décision donnerait lieu à une procé-
dure judiciaire et à un maximum de quinze ans de travaux
forcés. Cette décision du comité est définitive et prend effet
immédiatement.

– Travaux forcés ? Qu'est-ce que ça veut dire ?
– La prison, répondit Charles.

La représentante des Services nationaux d'Aide à l'En-
fance de votre municipalité, miss Susan Eliot, viendra cher-
cher votre pupille le mercredi 5 juin.
Salutations distinguées,

Martin Eliot

Brusquement, Sophie se sentit vidée. Elle chercha
quelque chose à dire.

– Ils ont mal écrit mon nom.

– En effet.

– Tant qu'à me briser le cœur, ils auraient pu le faire en écrivant mon nom correctement.

Elle regarda Charles. Il semblait n'avoir aucune réaction.

– Charles ?

Elle sentait qu'une larme se frayait un chemin sur son visage. Elle l'essuya furieusement.

– S'il te plaît. S'il te plaît, parle-moi.

– Tu as bien compris la lettre ?

– Ils m'arrachent à toi. Ils t'arrachent à moi.

– Ils ont l'intention d'essayer, cela ne fait aucun doute.

Elle ne voulait plus toucher le courrier. Elle le jeta au sol et le piétina. Puis elle le ramassa et le parcourut des yeux une seconde fois. Les mots « totalement inappropriés » la hérissaient au plus haut point.

– Et si j'avais porté des jupes ? Et si je m'étais tenue droite ? Et si j'avais été plus jolie ? Ou bien, je ne sais pas, moi, plus douce ? Tu crois qu'ils m'auraient laissée rester avec toi ?

Charles secoua la tête. Elle constata avec étonnement qu'il pleurait en silence.

– Et maintenant ? demanda-t-elle.

Elle glissa une main dans la poche de son tuteur, en sortit son mouchoir et le lui mit sous le nez.

– Tiens. S'il te plaît, dis quelque chose. Que fait-on maintenant ?

– Je suis désolée, ma chérie.

Elle n'avait jamais vu de visage aussi blême.

– Je crains qu'il n'y ait rien à faire.

Soudain, Sophie ne put en supporter davantage. Elle monta dans sa chambre à toute vitesse, manquant de trébucher dans l'escalier. Les yeux embués de larmes, elle y voyait trouble. Sans se donner le temps de réfléchir, elle s'empara du tisonnier et frappa l'étui à violoncelle, qui se fendit dans un craquement. Elle frappa de nouveau, visant cette fois-ci la cruche d'eau à côté de son lit. Celle-ci vola en morceaux qui se répandirent sur sa couverture et son oreiller. Sophie entendit une exclamation venant du rez-de-chaussée, puis des pas rapides dans l'escalier. Elle piétina l'étui, le pilonna de coups de pied. Des éclats de bois peint fusèrent à travers la pièce.

Si vous n'avez jamais détruit une boîte en bois à l'aide d'un tisonnier, cela vaut la peine d'essayer. Peu à peu, Sophie parvint à contrôler sa respiration.

– Je ne partirai pas, murmurait-elle à chaque nouveau coup. Je ne partirai *pas*.

Au bout d'un moment, malgré le flot continu de larmes et son nez qui coulait, elle ne suffoqua plus. Elle avait trouvé son rythme : fracasser, respirer, écraser, respirer.

« Je n'irai *pas*, protestait-elle. Non. » Fracasser. « Non. » Écraser. « *Non.* »

Il lui fallut quelques minutes pour se rendre compte que Charles se tenait sur le seuil.

– Toujours en vie, mon cœur ?

– Oh ! J'étais juste…

– Bien sûr. Très bonne idée.

Il contempla la chambre, puis prit Sophie par la main et la conduisit dans la salle de bains.

– Un bain chaud s'impose.

Il n'en dit pas plus, et Sophie n'eut d'autre choix que d'attendre, en hoquetant et reniflant, recroquevillée sur une pile de serviettes, tandis qu'il descendait remplir d'eau toutes les casseroles de la maison pour les mettre à bouillir sur la cuisinière, avant d'ajouter au bain fumant des écorces de citron séchées et de la menthe.

– Restes-y une demi-heure. J'ai à faire.

L'idée de rester sans bouger dans la baignoire rebutait la jeune fille. À la place, elle fit des va-et-vient dans la salle de bains en tapant du pied, puis donna des coups de poing dans le mur, jusqu'à entendre la voix de Charles s'élever dans l'escalier.

– Plonge-toi dans cette baignoire, Sophie, et fais des éclaboussures. Tu seras surprise du bien que cela procure.

Sophie avait oublié que le plancher de la salle de bains était situé juste au-dessus de la cuisine. Elle soupira et commença à se déshabiller, tirant sur ses bottes avec hargne.

– Voilà ! cria-t-elle. J'y suis.

Ces mots prononcés, elle fut forcée de s'exécuter, sans quoi cela aurait signifié qu'elle avait menti. L'eau chaude lui arrivait au nombril, et les écorces de citron clapotaient contre ses jambes. Une fois son corps immergé, il n'opposa plus la moindre résistance. Sophie se ramollit, et s'allongea dans la baignoire. Son cœur aussi se ramollit. Elle ne pensa plus à rien.

Quand elle se fut enfin hissée hors du bain, elle parvint tout juste à se traîner jusqu'à sa chambre. Ses jambes se dérobèrent sous elle et elle s'écroula sur le tapis, encore drapée dans sa serviette. Elle demeura un moment étendue là, à demi éveillée, et poursuivit sa contemplation du vide.

Petit à petit, ce vide se remplit de quelque chose. Une minuscule tache de lumière dansait sur le mur, Sophie la regardant fixement, sans vraiment la voir, depuis de longues minutes.

Elle tourna alors la tête vers le tas de bois éclaté, vestige de son étui à violoncelle, pour comprendre ce qui était à l'origine de cette lumière. Puis, le sang circulant de nouveau dans son corps, elle bondit sur ses pieds.

Un long morceau de bois était resté collé à la doublure de feutrine verte. Sophie le ramassa, et se planta une écharde dans le pouce.

– *Argh!* Nom d'un chien.

Elle y découvrit une plaque de cuivre, clouée au bois. Le soleil ricochait sur le métal et renvoyait un point lumineux, de la taille d'une tête d'épingle, à l'autre bout de la pièce.

Sur la plaque, une adresse. Dans une langue qui n'était pas de l'anglais.

Les mains de Sophie tremblaient tellement qu'elle n'arrivait pas à la lire. Elle dut poser le morceau de bois sur la table pour y parvenir.

FABRICANTS D'INSTRUMENTS À CORDES
16 RUE CHARLEMAGNE
LE MARAIS
PARIS
741054

Sophie trouva Charles dans son bureau. Il était assis près de la fenêtre ouverte, un journal dans les mains, mais ses yeux ne semblaient pas le voir. La pluie pénétrait dans la pièce, faisant baver l'encre en première page, mais lui ne tentait rien pour se protéger.

Sophie courut vers lui. Il cligna simplement des yeux, le regard éteint. Effrayée, elle se jeta sur l'accoudoir de son fauteuil et le tira par la manche. Plus tard, elle songea qu'elle aurait pu tout aussi bien lui mordiller les sourcils.

– Regarde ! Charles, regarde !

Tout doucement, enfin, il sortit de sa torpeur, esquissant un très léger sourire.

– Que dois-je regarder ?

– Ça !

Charles chercha ses lunettes. Ne les trouvant pas, il colla la plaque contre son nez.

– Le Marais, Paris. De quoi s'agit-il, Sophie ?

– Il était français ! Le violoncelle était français !

– Où as-tu trouvé ça ?

– Il faut que nous allions en France ! Tout de suite !

Elle était à bout de souffle.

– Aujourd'hui même !

– Assieds-toi, Sophie, et explique-moi.

Sophie s'assit sur les pieds de Charles, pour l'empêcher de bouger. Elle avait la bouche sèche, et dut se mâchouiller la langue jusqu'à avoir suffisamment de salive pour parler. Ensuite, aussi sereinement que possible, elle s'expliqua.

En moins d'une seconde, Charles tira les conclusions qui s'imposaient. Il bondit de son fauteuil, renversant Sophie qui se retrouva en boule sur le tapis.

– Dieu du ciel ! Nom d'une salamandre ! Sophie, brillante créature ! Pourquoi ne m'est-il pas venu à l'esprit que ta mère pouvait être française ? Il me faut un whisky. Oh, Seigneur.

Sophie fit une roulade arrière sous le bureau.

– Et si elle vivait à Paris ? suggéra-t-elle.

– Ma foi, c'est tout à fait possible. Je ne dirai pas que c'est probable, ma chérie – car nous ne sommes toujours pas certains que l'étui à violoncelle soit bien le sien –, mais c'est une possibilité. La France, bien sûr, doux Jésus !

– Et il ne faut jamais négliger une possibilité !

– Exactement ! Oh, mon enfant adorée, quelle découverte !

Charles baissa alors les yeux sur la lettre posée sur le bureau.

– Nous devons partir d'ici, de toute manière.

– Pour aller à Paris ?

Sophie croisa tous les doigts et tous les orteils que son corps comptait.

– Bien entendu. Cela va de soi. Paris, Sophie ! Vite !
Les bagages ! Rassemble tes plus beaux pantalons et tes
chaussettes les plus blanches !

Sophie se redressa promptement comme s'il avait
sonné le clairon

– Je ne crois pas qu'il m'en reste de vraiment
blanches, dit-elle.

– Dans ce cas, nous en achèterons des neuves une
fois sur place !

– Des chaussettes de Paris ! S'il vous plaît !

Sophie riait, mais la lettre de Martin Eliot était toujours sur le bureau et semblait l'observer.

– Est-ce qu'ils vont se lancer à nos trousses ?
demanda-t-elle.

– Peut-être. Oui. Très probablement. C'est pourquoi
nous partirons dès demain.

– Demain, vraiment ?

– Absolument.

– Pour de vrai ?

– Je ne me permettrais pas de plaisanter à ce sujet.

Charles posa son journal sur la table et l'ouvrit à la
page des annonces commerciales, de la météo et des
horaires de bateau.

– Mais s'ils décident réellement de nous suivre – ou,
ce qui est plus probable, d'alerter la police de Paris –, ce
ne sera pas avant deux ou trois jours.

– Jours ?

Sophie avait plutôt espéré qu'il s'agirait de semaines.
Il ne pouvait en être autrement.

– Des jours, oui. Nous devrons nous montrer prudents, ma chérie. Mais nous avons un avantage sur eux.

Sur ces mots, il traça une croix à côté d'une colonne indiquant les horaires des bateaux et des marées, puis referma le journal. Des étincelles d'excitation pétillaient dans ses yeux ; la jeune fille s'y réchauffa comme devant un bon feu.

– Les organisations, Sophie, ajouta Charles, sont bien moins intelligentes que les êtres humains. En particulier lorsque l'être humain en question, c'est toi. N'oublie jamais cela.

6

Le voyage ne fut pas de tout repos. Sans doute était-ce le cas de la plupart des voyages, mais le fait de fuir le pays illégalement et en plein jour corsait l'aventure.

– Voyageons léger, suggéra Charles, au cas où quelqu'un nous verrait partir. Faisons comme si nous allions simplement chez le dentiste.

– Le dentiste ? Nous n'allons jamais chez le dentiste.

– Dans ce cas, à un concert. Un sac chacun, rien de plus.

Sophie ne prit donc que son violoncelle. Elle roula en boule quelques pull-overs et pantalons en les comprimant le plus possible et les cala dans les coins de son étui. Quand elle eut fini, il ne restait de la place que pour une seule chose, pas une de plus. Qu'allait-elle choisir ? Son carnet à dessin ? Ou bien une robe, au cas où ? *Une robe est un camouflage*, se dit-elle. *On ne sait jamais. Ça peut toujours être utile.* À contrecœur, elle ajouta donc une robe, puis rabattit le couvercle de l'étui d'un coup sec.

Charles n'emporta que sa mallette. À en juger par

sa façon de la charger dans le fiacre, celle-ci pesait un bon poids. Alors qu'ils s'éloignaient, Sophie crut voir le rideau de la maison voisine se fermer, et une silhouette disparaître brusquement. Elle retint son souffle et regarda droit devant elle. Tandis qu'ils descendaient la rue à grand bruit, elle croisa les doigts et s'assit dessus, pour se porter bonheur.

Le hall de la gare n'était que vapeur, cris, grouillement de voyageurs.

– Oh. Oh, non, murmura Sophie en découvrant la scène.

La foule lui serrait toujours le cœur. Elle lui rappelait trop un bateau en plein naufrage.

– Oh, au secours.

Elle éprouva soudain un besoin urgent : celui d'escalader les murs et de se cacher derrière la grande horloge.

Charles, au contraire, était serein. Ses yeux pétillaient.

– Dieu du ciel ! s'exclama-t-il. N'est-ce pas impressionnant ? Et sens-tu cette odeur ? C'est l'huile de moteur, Sophie !

Il remarqua alors le visage crispé et les coudes serrés de sa pupille.

– Tout va bien, ma chérie ?

– Bien sûr ! Plus ou moins. Presque.

Sophie grimaça en voyant passer une horde de garçons qui se bousculaient en beuglant.

– Pas vraiment, en fait.

– Sais-tu quelle est la meilleure chose à faire dans une gare ? C'est d'acheter quelques-unes de tes friandises préférées, puis de trouver un coin où t'asseoir et de contempler le plafond.

– Contempler le plafond ? Pourquoi donc ?

– La plupart des gares possèdent des plafonds d'une beauté extraordinaire.

Sophie leva la tête, faisant tomber son chapeau. C'était vrai. Le plafond était un immense puzzle de verre et d'acier étincelant. On aurait dit une centaine de pianos.

Charles fouilla dans sa poche, remuant un bric-à-brac de ficelle, de papier et de bonbons. Il en sortit quelques pièces de monnaie.

– Tiens, voilà six pence. Oh, attends, prends plutôt un shilling, comme ça tu achèteras du thé. Demande-le bien fumant, à se brûler les tuyaux, sans quoi il sera imbuvable.

– D'accord, merci, bien sûr – mais *attends*, Charles ! Où vas-tu ?

– Chercher un employé pour me procurer des billets.

– Et si je ne te retrouve pas ?

– Dans ce cas, c'est moi qui te retrouverai.

– Mais si tu n'y arrives pas ?

– Sophie posa une main sur le pardessus de Charles.

– S'il te plaît, attends, ne t'en va pas !

Elle se détestait quand elle était dans cet état, mais l'angoisse lui tordait les entrailles.

– Sophie, tu as des cheveux de la couleur des éclairs ! dit Charles avec un sourire. (Et son sourire, ce jour-là, était formidable.) Tu ne passes pas inaperçue, ma chérie.

Au buffet de la gare, la jeune fille hésita entre un énorme pain aux raisins et ces sablés ronds avec un cœur de confiture rouge – ceux-là mêmes qui, aux dires de miss Eliot, étaient destinés aux enfants vulgaires. Sophie n'en avait jamais goûté, mais ils scintillaient comme des rubis.

La femme postée derrière le comptoir avait une présence rassurante. Ses joues étaient pourpres et ses yeux bienveillants.

– Un pain aux raisins, ma chérie ? Un éclair ? Des sablés à la fraise ?

En imaginant la réaction de miss Elliot, Sophie reprit courage.

– Des sablés, s'il vous plaît. Six.

– Et voilà, ma puce. Ne les mange pas tous d'un coup, sinon tu risques de faire connaissance avec les toilettes de la gare.

Sophie hocha la tête avec sérieux. Elle mordit dans un des sablés, et découvrit qu'il collait aux dents d'une façon merveilleuse. Il n'avait pas du tout un goût de fraise, mais bel et bien celui de l'aventure.

– Et dans quel chouette endroit elle va, cette petite ? demanda la femme en faisant cliqueter son tablier à la recherche de monnaie à lui rendre.

Sophie essaya de répondre « Paris » à travers sa bouche collante. Elle leva les yeux vers l'horloge.

– Déjà une demi-heure, Charles doit me chercher, murmura-t-elle.

– Tu vas chasser, tu dis ? C'est formidable.

Les dents de Sophie étaient à présent parfaitement collées entre elles et sa bouche bien scellée. Elle ne put qu'esquisser un sourire visqueux et hocher la tête. C'était vrai, d'une certaine façon. Elle partait à la chasse. La chasse à la maman.

– Que Dieu te protège, dans ce cas, et que la chance soit avec toi, dit la femme.

Sur quoi elle emballa un pain aux raisins dans du papier journal et le fit passer à Sophie par-dessus le comptoir.

– Pour te porter chance. On a plus de chance l'estomac plein.

Le train était deux fois plus grand que Sophie ne l'avait imaginé, et de couleur verte. C'était le vert des émeraudes et des dragons, et elle y vit un bon présage.

– Cherche la voiture 6, Sophie, dit Charles. Tu as le compartiment A. D'après ce qu'on m'a raconté, il est d'habitude réservé aux enfants du duc de Kent, mais cet été, ils vont chasser je-ne-sais-quoi en Écosse. Tu l'auras donc pour toi toute seule.

Ils se frayèrent un chemin vers l'avant du train, frôlant des employés de wagons-lits raides comme la justice et aux cols amidonnés. Un étroit couloir courait sur toute la longueur du convoi, et des portes coulissantes ouvraient sur les compartiments. Sophie s'efforça de ne pas bloquer le passage ; ni d'avoir l'air trop excitée ; ni celui d'une fugitive échappant aux services sociaux. Rien de tout ça n'était simple.

– C'est ici !

Charles fit passer l'étui à violoncelle par la porte et se retourna. Son visage rayonnait.

– C'était le dernier compartiment de libre, ma chérie. J'espère que tu ne seras pas déçue.

Sophie jeta un coup d'œil par-dessus l'épaule de Charles et son visage s'illumina.

– Déçue ? C'est comme un rêve éveillé ! s'exclama-t-elle sans plus prêter attention aux voyageurs qui se pressaient dans le couloir. C'est tellement… *doré*. C'est un palace !

Charles se mit à rire et la tira à l'intérieur avant de fermer la porte.

– Disons plutôt un minipalace, dit-il. La version de voyage.

Le compartiment était un enchantement. Chaque élément y était adapté à la taille d'un enfant, et conçu avec une délicatesse et un sens du détail relevant de la sorcellerie. Sophie tenta d'afficher un air blasé devant de telles merveilles – du moins tant que l'employé du train les regardait –, mais cela lui fut impossible, car c'était l'endroit le plus impeccablement entretenu et le plus riche en dorures qu'elle ait jamais vu. Les oreillers étaient ronds et gras comme des oies ventrues. Les miroirs étincelaient ; en fait, il y avait presque autant de dorures que de miroirs. Sophie donna un petit coup sur l'un d'eux, qui rendit un son plein.

– Et tu devrais voir ton pot de chambre, dit Charles. Il vaut le coup d'œil.

Elle s'accroupit pour regarder sous le lit. Là, solidement attaché au mur, se trouvait un pot de chambre doré décoré d'œillets rouges.

– Tu as vu ? nota Charles. Tu as droit au meilleur, même pour la petite commission nocturne.

– Mais toi, où vas-tu dormir ? Ici, avec moi ?

Le compartiment comptait deux couchettes, mais elles n'étaient pas adaptées aux adultes. Même un demi-Charles n'aurait pu y tenir.

– Je partage une cabine avec un croque-mort du Luxembourg. Le trajet promet d'être lugubre, mais je n'en mourrai pas. Et après tout, les choses auraient pu être pires : il aurait pu être belge, ajouta-t-il avec un sourire. Il n'y avait aucun autre lit de disponible avant trois semaines. Cela m'a semblé préférable à une attente insupportable.

– Oui ! Oui, tu as bien fait !

Attendre n'aurait pas été possible, songea-t-elle. Elle n'y aurait pas survécu.

– Et maintenant, tout va bien ? demanda Charles.

N'ayant pas de mouchoir, il sortit de sa poche une chaussette propre et s'y moucha bruyamment. (*La trompette de l'espoir*, pensa Sophie.)

– Il ne te manque rien ?

– Non, je ne crois pas. Quoique, en fait… dit-elle, sentant son estomac gargouiller. Avons-nous de quoi manger ?

– Bien sûr ! Comment aurais-je pu oublier ça ? Le repas est le meilleur moment d'un voyage. Il y a bien un wagon-restaurant, mais il n'ouvrira pas avant plusieurs heures. J'ai donc passé un maximum de victuailles en contrebande.

Charles s'avança jusqu'au bureau de bois intégré dans le mur et commença alors à vider ses poches. Tout d'abord, six pommes, puis des roulés à la saucisse, dont les miettes se répandirent sur son manteau, et une épaisse tranche de fromage jaune. Du couvercle de sa montre de gousset, il sortit un sachet de sel, puis, tel un magicien, il tira de son chapeau un demi-poulet rôti, enveloppé dans du papier sulfurisé.

– Oh, mince alors ! Fantastique !

Sophie ajouta ses sablés à ces victuailles, mais garda son pain aux raisins pour plus tard. Elle empila le tout en une tour qui lui arrivait jusqu'au nez.

– Voilà ! C'est parfait, dit-elle.

– Bien, avons-nous tout ce qu'il nous faut à présent ?

– Miam.

Sophie venait de prendre une bouchée de fromage. Il était exquis : salé et crémeux tout à la fois. Le train s'ébranla et se mit en route. Elle avait Charles, du poulet rôti, et une aventure en perspective.

– Absolument tout, répondit-elle la bouche pleine.

À Douvres, ils descendirent du train pour prendre un bateau. Le temps était épouvantable. La mer grondait. Elle était grise et sentait la nature sauvage. Sophie évita de la regarder. Elle évita de penser à des femmes mortes.

– Tout va bien ? demanda Charles.

Elle hocha la tête, mais fut incapable de prononcer un seul mot.

Pour ne rien arranger, il y avait un policier parmi les passagers. Il n'était pas là pour elle, bien entendu ; l'homme était probablement en vacances, mais il lui donnait tout de même froid dans le dos. Pour échapper à son regard, Sophie se dirigea lentement vers le niveau inférieur du bateau et se retrouva seule sur le pont. Elle tenta de ne pas prêter attention à l'océan. Mais ne pas prêter attention à l'océan, c'est un peu comme feindre l'indifférence devant un homme armé : c'est impossible. La mer s'étendait jusqu'à l'horizon et, même en plissant les yeux, Sophie ne pouvait apercevoir la France. Elle agrippa le bastingage et tenta de ne pas céder à la panique.

Tandis qu'il la rejoignait, Charles aperçut son visage. Il s'approcha à pas feutrés, et posa sa main sur celle de sa pupille, avec la douceur d'une mère.

– Écoute ! dit-il. Tu entends ?

Sophie n'entendait que l'océan.

– Quoi ? demanda-t-elle, regrettant le ton cassant que la peur donnait à sa voix. Que dois-je écouter ?

– Une *murmuration* ! répondit Charles. C'est bon signe.

– Une murmu-quoi ?

– Une *murmuration*. Quand la mer et le vent murmurent ensemble au diapason. Comme deux personnes qui riraient en privé. Là, encore ! Tu entends ?

Sophie n'était pas convaincue.

– Il n'y a que les gens qui murmurent. La mer gronde. Le vent souffle.

– Ce n'est pas vrai. Parfois la mer et le vent murmurent. Ce sont de vieux amis.

– Oh.

Sophie décolla sa main du bastingage et prit celle de Charles, qu'elle serra fort. Elle respira l'odeur de son pardessus, puis se redressa.

– Quand ils sont en harmonie, dit-il, c'est signe de chance. Une *murmuration*. Un bon présage.

7

L'évident problème ne traversa l'esprit de Sophie que lorsqu'elle eut posé les pieds à la gare du Nord, son violoncelle dans les bras et Charles à ses côtés.

L'employé anglais du train scrutait le ciel.

– Un nouvel orage s'annonce, monsieur. J'espère que vous avez apporté un parapluie.

– Je suis anglais, répondit Charles. Je ne sors jamais sans parapluie. Mon parapluie m'est aussi vital que mon intestin grêle.

– Dans ce cas, vous devriez vous rendre à votre hôtel avant que l'heure ne tourne, monsieur. Je n'aime pas la couleur de ce ciel.

C'est alors qu'elle prit conscience de la chose. Elle s'étonna de ne pas y avoir pensé plus tôt, mais dans l'urgence du voyage, elle ne s'était pas projetée au-delà de la frontière anglaise.

– Charles, demanda-t-elle, où va-t-on dormir ?

– Très bonne…

– Et aussi, l'interrompit-elle, que va-t-on faire ensuite ?

– Voilà deux très bonnes questions, dit Charles. Il est facile de répondre à la première. Le croque-mort s'est montré fort serviable, figure-toi. Il m'a recommandé un charmant petit hôtel près de la Seine. Nous allons prendre un fiacre, ajouta-t-il en soulevant sa mallette.

Une rangée de voitures attendait devant la gare. Toutes n'avaient pas la même allure. Certaines avaient de curieux lambeaux qui pendouillaient de leur ventre, tandis que d'autres rutilaient et sentaient le savon phéniqué. L'une d'entre elles, peinte en gris et argent, plut immédiatement à Sophie. Le cheval était assorti à la voiture et montrait des traits plus fins et un regard plus intelligent que les autres. Il ressemblait à Charles, mais Sophie se garda bien d'en faire la remarque.

– Peut-on prendre celle-ci ? demanda-t-elle en offrant son tout dernier morceau de chocolat à la jument grise. Cette pauvre bête a l'air de s'ennuyer.

– Bien sûr.

Charles tendit quelques pièces au cocher, et l'homme chargea leurs maigres bagages dans le véhicule.

– Je dois admettre que les chevaux français sont très élégants, dit Charles. J'ai l'impression d'être mal peigné maintenant que nous sommes à Paris.

Sophie promena son regard sur les grands arbres qui se dressaient au-dessus des immeubles, et sur l'entrelacs compliqué des rues pavées. Les jupes des dames n'avaient pas le même tombé qu'à Londres ; les Parisiennes semblaient en quelque sorte glisser, comme si elles marchaient sous l'eau.

– Oui ! s'exclama-t-elle. Je comprends ce que tu veux dire. Même les pigeons sont plus chics que chez nous.

Un frisson d'excitation la parcourut, comme à l'approche de Noël.

– Et une fois à l'hôtel, que ferons-nous ?

– Tout d'abord, nous devrons trouver une boulangerie, Sophie. Ensuite, nous échafauderons un plan.

– Pourquoi une boulangerie ? Je pensais plutôt à un commissariat de police, ou à un bureau de poste, ou une mairie.

– Le plus important, lorsqu'il s'agit d'échafauder un plan, est d'avoir de quoi manger. Il y aurait moins de guerres si les Premiers ministres dégustaient des beignets aux réunions gouvernementales.

– Et ensuite ? demanda-t-elle. Et ensuite ?

– Et ensuite, dit Charles, nous partirons à la chasse.

Bien au-dessus de la Seine, perchée à une dizaine de mètres, une paire d'yeux marron observait la rue en contrebas. Ces yeux virent un fiacre s'arrêter devant l'hôtel Bost, puis une jeune fille en descendre. Ces yeux remarquèrent le tic nerveux qui agitait ses doigts, l'excitation qui contractait ses épaules. Ils la virent se mordre les lèvres d'un air déterminé et extraire de la voiture un étui à violoncelle. Ils la virent reculer d'un bond, troublée, pour laisser passer une automobile. Les yeux virent aussi la fille soulever le couvercle de l'étui avec angoisse, en sortir l'instrument pour l'inspecter de tous les côtés.

Ils la virent enfin s'accroupir sur le trottoir, et pincer les cordes du violoncelle entre son index et son pouce pour en tirer des notes vibrantes.

La musique était douce, et presque noyée par le bruit de la circulation, mais les yeux marron s'illuminèrent, comme fascinés.

8

Le plan que Sophie et Charles échafaudèrent fut, par nécessité, simple. Sophie le nota sur un bout de papier.

1. Trouver la rue Charlemagne.
2.

Son stylo à la main, Sophie hésita sur le « 2 ». Elle traça finalement un grand point d'interrogation qu'elle souligna en rouge, puis mit son plan dans sa poche et alla trouver Charles.

La chambre de ce dernier était jolie, mais on ne pouvait pas la qualifier d'élégante. Elle comprenait deux chaises squelettiques, sur lesquelles des derrières successifs avaient laissé leur empreinte, et deux tapis témoignant des maigres dépenses engagées dans la décoration. Même les bougies disposées de part et d'autre du lit semblaient d'occasion, mais les draps sentaient la lavande. Le vent soufflait depuis le fleuve, et l'air avait un goût salé. Sophie ne s'était jamais sentie autant chez elle dans un hôtel. D'ordinaire, ils lui donnaient la chair de poule.

Celui-là était un grand bâtiment dégingandé, pris en sandwich entre deux immeubles plus imposants. Il n'était pas du tout fastueux. En effet, comme Sophie venait de le découvrir, il n'y avait pas de toilettes à l'intérieur, mais seulement une cabine en bois dans la cour. Ce détail mis à part, elle le trouvait parfait. Sous les fenêtres, de minces ruelles ponctuées de terrasses de café descendaient vers le fleuve en zigzaguant.

Sophie s'assit sur le lit de Charles et rebondit. Sur le mur s'affichait le portrait d'un homme avec une barbe en tire-bouchon.

– J'aime bien sa barbe, dit-elle. Il pourrait s'en servir comme d'un pinceau.

Charles, surpris par cette remarque, leva les yeux.

– Comment ? dit-il, puis il se mit à rire. As-tu trouvé la salle de bains ?

– Oui. Nous la partageons avec une famille d'araignées. Et il y a un nid d'oiseaux dans la charpente du plafond. Ça me plaît bien.

– Parfait. Et si nous allions visiter ta chambre ? Laisse-moi porter ton étui. Non ? Comme tu veux.

La chambre de Sophie était située sous les toits. Il n'y avait pas grand-chose à visiter. La porte était si étroite que Charles demeura à l'extérieur et la laissa entrer seule. Une fois son étui à violoncelle posé par terre, il lui restait tout juste assez de place pour tenir debout.

– Regarde ! dit-elle.

Les murs étaient couverts de tableaux, disposés pêle-mêle pour capter le maximum de lumière. Il s'agissait d'esquisses à l'encre noire, au trait vif, qui semblaient danser dans leurs cadres.

– J'aime bien ces dessins. Ils font très français.

– Ils ont quelque chose de musical, fit remarquer Charles, qui rentra le cou pour scruter plus attentivement la pièce. Pas de fenêtre ?

– Il y a une lucarne, répondit Sophie.

Un minuscule lit à baldaquin, tendu de coton blanc sur les côtés et ouvert sur le dessus, meublait la chambre. Le toit en pente était effectivement percé d'une unique fenêtre. En levant les yeux, Sophie comprit pourquoi Charles ne l'avait pas remarquée immédiatement : du côté extérieur, celle-ci était recouverte d'une couche si épaisse de déjections d'oiseaux qu'elle se fondait presque dans la peinture blanche du plafond.

– Crois-tu qu'elle s'ouvre ? demanda-t-elle.

– Je ne vois qu'une façon de le découvrir.

Charles se fraya un chemin jusqu'au lit, y étala son journal puis monta dessus. Sans trop de difficultés, il força le loquet. Après quoi il poussa, puis frappa la charnière avec son parapluie. Sans succès.

– Charnière rouillée, conclut-il. Rien d'insurmontable. Le problème devrait être facile à résoudre.

– Crois-tu que l'hôtel aura de l'huile à nous prêter ?

– C'est peu probable. Mais nous t'en trouverons demain.

– Merci.

Sophie grimpa alors à son tour sur le lit et jeta un coup d'œil à travers les interstices laissés par les souillures d'oiseaux. Elle aperçut des conduits de cheminée rouges et un bout de ciel bleu.

– C'est comme si mon cœur était devenu trop gros pour mon corps, dit-elle. Tout ça me semble si familier, Charles, et pourtant, j'ignore pourquoi. Tu peux le croire ?

– Tu veux dire, Paris ?

– Oui, en quelque sorte. Peut-être. En fait, je pensais surtout aux conduits de cheminée. J'ai l'impression de les reconnaître. Et ils sont d'une couleur si parfaite.

Charles était un érudit, et les érudits, disait-il toujours, étaient de fins observateurs. Il avait dû percevoir, dans la voix de Sophie, son désir de se retrouver seule car, à ce moment-là, il se dirigea promptement vers la porte.

– Je te laisse explorer les lieux. Tu as une demi-heure, ma chérie. Ensuite, nous nous procurerons un plan de la ville, et prendrons le chemin de la rue Charlemagne. Si elle se trouve à proximité du fleuve, nous ne devons pas être très loin.

9

La rue Charlemagne fut facile à trouver. Elle n'était qu'à dix minutes à pied. Dix minutes au cours desquelles ils foulèrent des pavés, passèrent devant des fenêtres aux jardinières remplies d'œillets, et croisèrent des enfants dégustant des petits pains chauds. Dix minutes au cours desquelles le cœur de Sophie fit un tour complet sur lui-même et se livra à une danse endiablée dans sa poitrine – autrement dit, où il se comporta d'une façon totalement incontrôlable.

– Tiens-toi tranquille, murmura-t-elle. Arrête ça. Ça suffit.

– Tu as dit quelque chose ? demanda Charles.

– Non. Je chantais pour les pigeons.

La devanture de la boutique était surmontée d'une plaque. Dans la vitrine, on apercevait un violon, posé sur un lit de choses soyeuses, et quelques fleurs. Tout était recouvert de poussière, excepté le violon.

À l'intérieur, c'était le genre de magasin qui déborde tellement de marchandises que les étagères semblent toutes sur le point de s'effondrer. Sophie prit une profonde inspiration au moment d'entrer, et tourna vers Charles des yeux inquiets. Charles était si *long*; il ne savait pas toujours quoi faire de ses jambes.

– Bonjour ? dit Sophie.

– Bonsoir ? ajouta Charles.

Pas de réponse. Ils restèrent parfaitement immobiles, à attendre. Cinq minutes s'écoulèrent à l'horloge. Toutes les dix secondes, Sophie criait :

– Bonjour ? Bonsoir ? Bonjour ?

– Je crois qu'il n'y a personne, finit par dire Charles. Veux-tu que nous revenions plus tard ?

– Non ! On patiente !

– Bonjour ? insista Charles. J'ai ici avec moi une petite fille-violoncelle. Elle a besoin de votre aide.

C'est alors qu'il y eut un bruit, semblable à un éternuement de cheval, puis une porte s'ouvrit derrière le comptoir et un homme apparut en se frottant les yeux. Il était voûté et sa bedaine débordait de sa ceinture, comme s'il avait un coussin sous sa chemise.

– *Toutes mes excuses** ! dit-il.

Il bredouilla ensuite quelques mots à mi-voix.

Sophie sourit poliment, l'air ahuri.

– Euh, dit-elle.

– *Je vous en prie**, dit Charles.

– Qu'est-ce que vous racontez, tous les deux ? murmura Sophie.

---

* Tous les mots ou expressions suivis d'un astérisque étaient en français dans le texte original. N'oublions pas que les personnages de cette histoire sont censés se parler en anglais le reste du temps.

– Ah ! dit l'homme en souriant à son tour. Je disais, j'étais en train de faire ma sieste. Vous êtes anglais à ce que je vois. Puis-je vous aider, *my dear* ?

– Oui, s'il vous plaît ! Du moins, je l'espère, répondit Sophie en posant la plaque sur le comptoir, avant de croiser huit de ses doigts. C'est à propos de ça.

– Cette plaque était fixée au couvercle d'un étui à violoncelle, expliqua Charles. Savez-vous quelque chose là-dessus ?

L'homme ne parut pas le moins du monde surpris.

– Évidemment, dit-il en touchant la plaque. Ça vient de ma boutique. Je l'ai gravée moi-même. Nous les clouons à l'intérieur des étuis. Sous la feutrine verte.

– Oui ! cria Sophie en décroisant les doigts avant de les recroiser. Oui, c'est à cet endroit que je l'ai trouvée !

– Cet étui doit dater, dit l'homme, car nous n'utilisons plus de cuivre depuis dix ans déjà. Nous avons découvert qu'il rouillait sous la feutrine.

– Pourquoi mettre la plaque *sous* la doublure ? demanda Charles. Cela ne va-t-il pas à l'encontre du but recherché ?

– Mais voyons, c'est évident : pour éviter d'égratigner le violoncelle. Mais en cas de besoin, l'adresse est là.

– Et…

– Sophie retint sa respiration. Puis elle dut expirer afin de pouvoir parler.

– Vous souvenez-vous de l'instrument qui allait avec cet étui ? De la personne qui l'a acheté ?

– Bien sûr. Les violoncelles coûtent cher, mon enfant.

Un homme en fera peut-être vingt dans toute sa vie, pas plus. Voyez-vous, le numéro de série – 741054 – nous indique qu'il s'agit d'un instrument de soixante-quatorze centimètres. Je n'ai fabriqué que trois violoncelles de ce type au cours des trente dernières années. La norme, comme vous le savez certainement, est de quatre-vingts centimètres.

– Mais qui a acheté *celui-ci* ? insista Sophie en poussant la plaque vers le vendeur. C'est le seul qui m'intéresse.

– Celui-ci, je crois, a été acheté par une femme.

– Une femme ? reprit Sophie. Son sang ne fit qu'un tour. Mais elle réussit à se contenir. Quel genre de femme ?

– Une jolie femme, me semble-t-il.

– Pourriez-vous être plus précis ? demanda Charles. Quand était-ce ?

– Il y a environ… quinze ans. Peut-être plus, peut-être moins. Elle paraissait plutôt normale, pour autant que les jolies femmes puissent être normales. En général, je les trouve un peu étranges.

– Dites-nous-en plus sur elle, enchaîna Sophie. S'il vous plaît ! Quoi d'autre ?

– Elle était grande, je crois.

– Et quoi d'autre ? Quoi d'autre ? supplia-t-elle.

Elle tira sur l'encolure de son chandail, la porta à sa bouche et la serra entre ses dents.

– Quoi d'autre ? répéta l'homme. Pas grand-chose, j'en ai peur.

– Je vous en prie ! insista Sophie, dont les oreilles bourdonnaient. C'est important. *Extrêmement* important !

– Eh bien, je me souviens qu'elle avait des doigts de musicienne. Très pâles, comme les racines d'un arbre.

– Oui ? Mais encore ? demanda Sophie.

– Elle avait les cheveux courts et des yeux très expressifs.

– Ses cheveux, de quelle couleur étaient-ils ? Et ses yeux ?

– Plutôt clairs, je crois. Des cheveux blonds. Ou roux. *Je ne sais plus**.

– S'il vous plaît ! S'il vous plaît, essayez de vous souvenir ! C'est important.

– J'aimerais beaucoup vous aider, dit l'homme, mais je dois admettre que je ne suis pas très doué pour me rappeler les visages. J'ai une bien meilleure mémoire pour ce qui est des instruments.

Il les regarda attentivement, tous les deux, côte à côte dans la pénombre.

– Mais je dirais qu'elle vous ressemblait beaucoup. Pas à vous, monsieur. À *vous*, jeune fille.

– Vous en êtes sûr ? demanda Sophie. Vous jurez que vous n'inventez rien ? Vous jurez que vous en êtes sûr ?

– *My dear*, quand on devient vieux, les certitudes se font rares. La certitude, c'est une mauvaise habitude que l'on perd.

L'homme sourit. Sa peau se plissa.

– Ne partez pas, ajouta-t-il en s'asseyant avec précaution

sur une chaise. J'ai un assistant. Il était là quand nous avons vendu le violoncelle. Il se souviendra sans doute mieux que moi. Ces temps-ci, je ne me souviens que de la musique.

L'assistant était aussi sec et anguleux que le propriétaire du magasin était doux et affable. Les deux hommes échangèrent quelques mots en aparté, puis le plus jeune se tourna vers Charles.

– Oui, dit-il. Je me rappelle. Elle s'appelait Vivienne.

Soudain, un nom. Ce fut comme un coup de poing. Sophie sentit l'air lui manquer. Elle ne put qu'ouvrir de grands yeux ébahis

– Vivienne comment ? demanda Charles.

– J'ai oublié, répondit l'homme avec dédain. Un nom de couleur, je crois. Rouge, peut-être. Ou alors Vert. Oui, c'était Vert, me semble-t-il.

« Vivienne ! »

Le cœur de Sophie faisait des cabrioles dans sa poitrine. *Vivienne.* Un nom plein de promesses.

– Merci, dit Charles. Vous souvenez-vous d'autre chose ? Était-elle mariée ? Avait-elle un enfant ?

– Personne ne l'accompagnait, répondit l'assistant avec un regard dur et un rictus sarcastique. Mais elle était pauvre – ses vêtements étaient pitoyables –, et je ne serais pas surpris d'apprendre l'existence d'un enfant, voire de plusieurs. Elle avait tout l'air du genre de personne à s'attirer des ennuis avec la justice.

– Comment ça ? dit Sophie.

L'homme renifla avec mépris.

– Elle avait le sourire d'une personne sans foi ni loi.

Remarquant l'expression de sa pupille, Charles intervint :

– Était-elle musicienne professionnelle ?

– En France, monsieur, répondit l'assistant avec un haussement d'épaules, il n'y a pas de femmes dans la profession musicale, Dieu merci. Cependant, elle a joué de son violoncelle, dans la boutique, jusqu'à ce que je lui demande d'arrêter.

– Vous lui avez demandé d'*arrêter* ? s'indigna Sophie.

– Petite fille ! Ne prenez pas ce ton avec moi, je vous prie. Elle importunait les autres clients.

– Mais était-elle douée ?

Cet homme ne semblait pas voir à quel point tout cela était important pour elle. Comment le lui faire comprendre ? Elle tambourina de ses poings sur le bureau.

– Était-elle merveilleuse ?

Il haussa une nouvelle fois les épaules.

– C'était une femme. Les talents des femmes sont limités.

Sophie eut soudain envie de le frapper, fort, en se servant de tous ses muscles. Elle eut envie de l'assommer avec un des violons accrochés au mur.

– Et puis elle était bizarre, ajouta l'homme.

On entendit tousser. Le vieux propriétaire avait quitté le comptoir pour rejoindre son assistant. Il tenait à la main un archet de violoncelle comme s'il s'était agi d'une cravache.

– Faites un petit effort, s'il vous plaît, monsieur Lille.

M. Lille rougit.

– Je voulais dire bizarre sur le plan musical, se reprit-il. Elle exécutait des marches funèbres en doublant le tempo. Elle jouait le *Requiem* de Fauré sans la gravité de rigueur.

– Elle a fait ça ? s'étonna Sophie.

– Absolument ! s'exclama le propriétaire, tout sourire. Je m'en souviens ! *Ça*, je m'en souviens. Elle disait qu'elle ne connaissait que des marches funèbres pour la simple raison qu'elle habitait près d'une église.

– Une église ? demanda Sophie. A-t-elle précisé laquelle ?

– Non. Mais elle disait aussi que la musique devait faire danser les gens. C'est pour ça qu'elle jouait ces œuvres en doublant le tempo.

Sophie adora cette idée – une idée qu'elle-même eut envie d'appliquer.

– Et elle était douée, n'est-ce pas ? Je sais qu'elle était douée, je le sais.

Sophie avait des fourmillements dans les doigts.

– Qu'elle fût douée ou non n'est pas la question, affirma l'assistant. Son comportement était indécent. Elle introduisait de la frivolité dans une musique solennelle. Ce n'était pas… *comme il faut**.

– Pourriez-vous nous faire une démonstration ? demanda Charles.

– Non. Certainement pas.

Brusquement, le propriétaire se redressa. Son dos

craqua avec un bruit sec qui rappelait un coup de revol-
ver. Sophie grimaça.

– Moi, je pourrais essayer, proposa le vieil homme.

M. Lille en fut soufflé.

– Monsieur ! Vous oubliez ce qu'a dit le docteur.

– Pour rendre service à cette jeune fille.

Il sortit aussitôt un violoncelle de son étui.

– Écoutez.

La musique commença lentement. Sophie en eut des
frissons dans le dos. Elle n'avait jamais aimé ce *Requiem*.
Puis le vieil homme se mordit la langue et accéléra la
cadence. La mélodie pressa le pas, passant de la marche
à la course, jusqu'à devenir follement joyeuse et triste
tout à la fois. Sophie voulut applaudir en mesure, mais
le tempo était difficile à saisir. Les notes tambourinaient
et tournoyaient.

– C'est comme une pluie torrentielle, murmura-
t-elle à l'oreille de Charles. Les pluies torrentielles font
la même musique.

– Oui, dit Charles.

– Oui, exactement, *Darling* ! s'écria le vieil homme
qui avait entendu la remarque de Sophie. Vous avez
tout à fait raison !

Sur quoi, au grand dam de la fillette, il reposa son
archet.

– Voilà, conclut-il. C'était quelque chose comme ça.
Elle jouait même encore plus vite que moi, je crois.

– Cependant, précisa l'assistant, elle n'avait pas la
délicatesse de M. Esteoule. Elle se ruait littéralement

sur l'instrument avec son archet. Les jeunes gens sont idiots. Toujours pressés.

Charles leva les sourcils. Il faut croire que les mouvements de sourcils ont un certain pouvoir, car M. Lille eut l'air de s'adoucir.

– Je dois admettre, dit-il, que je n'ai jamais entendu personne jouer aussi vite que cette fille.

– Vivienne, le reprit Sophie dans un murmure. Elle s'appelait Vivienne.

– Oui, Vivienne, répéta M. Esteoule. Tout me revient maintenant. Elle était extraordinaire. *My God*, cette cadence ! Je n'aurais jamais cru cela possible.

– Mais ce n'était pas une façon convenable de jouer, persista M. Lille. Cela ne m'a *pas du tout* impressionné.

– Moi si, dit M. Esteoule. Moi si. Et ce n'est pas facile, de m'impressionner.

Sophie laissa Charles se charger des remerciements et des au revoir. Elle ne devait plus parler. Il fallait qu'elle retienne cette mélodie. Sophie avait un coin dans son cerveau – devant, sur la gauche, lui semblait-il – où elle rangeait la musique. Elle y mit ce qu'elle venait d'entendre.

10

Ils avaient un nom et cela changeait tout. Charles prit rendez-vous pour le lendemain au bureau des archives de la police. Il remplit avant cela le formulaire de rigueur, en lettres capitales bien lisibles.

«Nom du disparu : VIVIENNE VERT. »

Puis il hésita :

– Nom du demandeur ?

– C'est nous, ça ? Que met-on ? questionna Sophie. Va-t-on mentir ? On ne peut quand même pas donner nos vrais noms, si ?

– Certainement pas. Néanmoins, la situation demeure délicate. Techniquement, ma chérie, nous sommes en fuite. En fait, il serait sans doute préférable que tu restes à l'hôtel demain.

– Mais on ne pourrait pas fournir des faux noms, tout simplement ?

– Oui, bien sûr. Mais à l'heure qu'il est, Londres a peut-être déjà donné l'alerte. Il y a peut-être eu des signalements.

– Tu avais pourtant dit que ça prendrait des jours.

– J'avais dit que je *l'espérais*. Quoi qu'il en soit, je serais bien plus tranquille si tu restais à l'hôtel.

– Pourquoi moi et pas toi, dans ce cas ?

– J'ai un physique quelconque, ma chérie. Tandis que toi, il est impossible de t'oublier. J'ai bien peur que tu sois, pardonne-moi l'expression, spectaculairement descriptible. À cause de tes cheveux, tu le sais.

Sophie réfléchit. Elle s'imagina en train d'attendre dans sa petite chambre sous les toits, pendant que Charles irait au rendez-vous. Elle en eut la nausée.

– Non, il faut que je t'accompagne.

– Tu es sûre ?

– Je ne dirai pas un mot. Mais il faut que j'y aille.

Charles eut un moment d'hésitation.

– As-tu une jupe ?

– Oui. Ou plutôt, j'ai une robe.

– As-tu un chapeau ? De quoi dissimuler ta chevelure ?

– Oui. Miss Eliot m'en a donné un. Seulement, je ressemble à un caniche avec ça sur la tête.

– Parfait. La police n'a certainement pas signalé la présence d'un caniche. Tu le mettras.

Le lendemain, Sophie se leva de bonne heure. Elle s'habilla rapidement ; ou plutôt, elle essaya. Elle avait du mal à respirer ce matin-là, comme si l'espoir occupait toute la place dans sa cage thoracique et que l'air ne pouvait plus y circuler.

Le bâtiment qui abritait la préfecture de police était

grand, trop grand, de l'avis de Sophie, et trop froid aussi. Toutefois, la réceptionniste avait un visage aimable, et Charles lui tendit sa boîte de pastilles à la menthe tandis qu'ils patientaient. La femme parut surprise, puis fit un grand sourire et en prit trois. Sophie, elle, n'en voulut pas. Elle avait la gorge bien trop nouée pour avaler quoi que ce soit. Charles et la réceptionniste rirent ensuite à une plaisanterie, et leur rire résonna dans la salle en marbre, trop bruyamment au goût de Sophie. Elle aurait préféré qu'ils s'abstiennent. Les gens les regardaient. Elle s'éloigna légèrement, et fit semblant de lire les annonces punaisées aux murs.

La réceptionniste l'observait. Elle tira sur le revers de la veste de Charles et, lorsque celui-ci inclina poliment la tête, lui murmura quelque chose à l'oreille. Puis elle reporta de nouveau son attention sur Sophie et se remit à rire. Cette dernière, gênée, se renfrogna. Alors que le rire s'évanouissait, un employé apparut enfin. La réceptionniste baissa vivement la tête et fit mine de mettre de l'ordre dans ses papiers.

– Venez, dépêchez-vous, je vous prie, dit l'homme d'une voix glaciale. Je ne peux vous accorder que dix minutes. Et vous, Brigitte, vous n'êtes pas censée vous amuser pendant les heures de bureau.

L'employé avait un tic : il s'humectait les dents avant de parler. Comme un crapaud, songea Sophie, un crapaud qui mange des mouches. Elle essaya de ne pas trahir sa nervosité. Sa lèvre supérieure était toute moite. Elle se cacha derrière Charles pour l'essuyer.

Le sol du couloir était recouvert de marbre, et résonnait du *clac-clac* des bottes de Sophie tandis qu'ils suivaient leur guide. Elle tenta un instant de marcher sur la pointe des pieds, mais cette technique lui fit prendre un demi-couloir de retard. L'employé se retourna et lâcha un soupir humide.

Sophie rougit.

— Je suis désolée ! Je ne le fais pas exprès ! C'est juste que... je porte des chaussures neuves.

Charles se retourna également. Il rebroussa chemin et prit la main de Sophie.

— Ne t'excuse pas. Tes chaussures sont parfaites. On croirait entendre une danseuse de claquettes.

L'employé reprit sa route. Sophie fit alors signe à Charles de se baisser et lui chuchota à l'oreille :

— Qu'est-ce qu'elle te disait, la secrétaire ?

— Entre autres choses, qu'elle te trouvait très jolie. Je lui ai un peu parlé de toi. Elle a dit que tu avais un visage de guerrière.

— Oh ! Dans ce cas, qu'est-ce qui la faisait rire ?

— Elle ne se moquait pas de toi. Et soit dit en passant, cet endroit aurait bien besoin de quelques rires, tu ne crois pas ?

— Oui ! On dirait une prison, dit Sophie en se cramponnant à lui, et c'est comme s'ils avaient oublié ici toutes les choses importantes qui existent dans la vie. Je veux dire, les choses comme les chats ou la danse. Tu n'as pas cette impression ?

— Oui. Tu as tout à fait raison. Et si nous mettions

un peu d'animation dans ce couloir ? En tapant du pied, par exemple !

– C'est parti ! répondit Sophie.

Sois courageuse, se dit-elle. *Tu as un visage de guerrière.*

Là-dessus, elle se redressa et poursuivit son chemin en martelant le sol de ses bottes. Charles improvisa une polka dégingandée. On aurait cru voir un cheval essayant d'escalader une échelle. Immédiatement, Sophie se sentit mieux. Elle exécuta à son tour de grands sauts en faisant claquer ses chevilles l'une contre l'autre. Charles applaudit en frappant sa main libre contre sa cuisse, et l'employé de bureau lâcha un autre soupir forcé qui fit onduler sa frange comme l'auraient fait des algues. Dès qu'il eut le dos tourné, Sophie lui tira la langue.

L'homme s'arrêta enfin sur le seuil d'une pièce dans laquelle trônait un grand bureau marron.

– Voilà notre salle d'entrevue, dit-il. Nous venons de la rénover, monsieur. Veuillez donc tenir votre fillette à l'œil. Qu'elle ne touche à rien.

Les tableaux accrochés aux murs représentaient des hommes aux vêtements visiblement trop serrés. L'un d'eux, à voir son expression, donnait même l'impression d'avoir des gaz.

– C'est très… propre, murmura Sophie.

Elle renfonça son chapeau sur sa tête. Elle avait le sentiment qu'ils avaient fait exprès de tout peindre d'une couleur sinistre. Même le lustre avait l'air déprimé.

– Si vous voulez bien entrer, monsieur Smith, dit

l'employé. Quant à la petite demoiselle, ajouta-t-il en désignant d'un geste de la main des chaises alignées dans le couloir, elle attendra à l'extérieur, ce sera mieux.

– Quoi ? dit Sophie. Non ! Charles, s'il te plaît ? *S'il te plaît.*

– Merci monsieur, dit Charles, dont le visage ne trahissait pas la moindre émotion, mais la *petite demoiselle* se joindra à nous, si elle le désire.

– Je le désire, confirma Sophie.

Puis, se souvenant qu'elle n'était pas censée parler, elle pinça les lèvres et foudroya l'employé du regard.

– Dans ce cas, si vous voulez bien vous asseoir, dit ce dernier.

L'homme était petit, et son nez arrivait juste au niveau de la clavicule de Charles. Il soupira de nouveau, assez fort cette fois-ci pour chiffonner sa cravate.

– Ce sera bref, ajouta-t-il.

Sophie tourna les yeux vers son tuteur.

– Pourquoi bref ? chuchota-t-elle. C'est mauvais signe, n'est-ce pas ?

Charles secoua la tête avec une extrême discrétion. Ses lèvres formèrent les mots : «Ne dis rien, ma chérie. » Sophie s'immobilisa.

– Avant que nous ne commencions, dit l'employé, je dois vous avouer que nous accueillons rarement d'un bon œil ce genre de requête.

– Oh ? s'étonna Charles.

Sophie garda les yeux rivés sur lui. Son visage était aussi inexpressif qu'un mur de briques.

– N'est-ce pas pourtant votre travail de vous occuper de cas comme celui-ci ? demanda Charles.

– C'est une *infime* partie de mon travail, oui, répondit l'employé. Cependant, rechercher une personne disparue que l'on n'a jamais rencontrée ni même *vue* semble une entreprise absurde.

– Vraiment ? répondit Charles. Comme c'est intéressant.

– Pardonnez ma franchise, mais ce type d'enquête n'entraîne que perte de temps et déception, neuf fois sur dix.

– Je vois, dit Charles. Et la dixième fois ?

– En réalité, j'aurais dû dire neuf cent quatre-vingt-dix-neuf fois sur mille.

– Très bien. Et la millième fois ?

– Monsieur, vous ne serez pas l'exception. Je doute fortement que cette femme existe.

– Il y a pourtant des milliers et des milliers de choses qui nous semblaient incroyables et qui se sont révélées vraies, répliqua Charles. On ne doit jamais négliger une possibilité, aussi faible soit-elle.

– Monsieur, c'est tout simplement *im*possible. Vous nous demandez de retrouver une femme dont vous ne connaissez ni le lieu de naissance, ni la date de naissance, ni la profession.

– Elle était musicienne, intervint Sophie. Tu le lui as dit, n'est-ce pas, Charles ?

– Pardonnez-moi, miss Smith, mais il n'existe pas de femmes musiciennes. En réalité, nous avons bien une Vivienne Vert dans nos archives, mais…

– Vraiment ? dit Sophie, soudain droite comme un *i*. Savez-vous où elle habite ? Et que racontent-elles, ces archives ?

L'employé fit la sourde oreille.

– Que disent ces archives ? répéta Charles.

– Il ne peut pas s'agir de la même femme, si ce que vous dites est vrai. La Vivienne Vert en question n'était pas musicienne. Et il semblerait qu'elle avait des petits ennuis avec la justice.

– Quel genre d'ennuis ? demanda Sophie.

– Oh, effraction, vagabondage, fréquentation de clochards et de gens de la rue. Quoi qu'il en soit, elle a disparu il y a treize ans. Soudain, plus de rapports médicaux, plus d'opérations bancaires. Il est très fréquent que les femmes de cette espèce s'évanouissent dans la nature. Il n'est par ailleurs pas fait mention d'un enfant. Et une chose est sûre : cette femme ne figure pas sur la liste des passagers du *Queen Mary*.

– Sans doute pourrions-nous consulter nous-mêmes le dossier du *Queen Mary* ? suggéra Charles.

C'était une demande des plus simples, et pourtant, le visage de l'employé se figea et un spasme déforma le coin de sa bouche.

– Avez-vous seulement une bonne raison de le faire, monsieur ?

– Bien sûr que nous avons une bonne raison ! s'écria Sophie. J'étais…

Elle s'arrêta net.

– Vous étiez ?

– Rien, marmonna Sophie.

Elle était miss Smith, évidemment, et n'avait rien à voir avec Sophie Maxim.

– Désolée. Rien.

L'employé se remit aussitôt à la snober.

– La curiosité justifie la plupart des choses, je crois, reprit Charles. Avez-vous des raisons de ne *pas* nous montrer ce dossier ?

– Oui, dit l'autre en jetant un regard furtif en direction des meubles de classement. Enfin, pas exactement. C'est-à-dire que… je pense que le dossier a coulé avec le bateau. Et ce genre d'enquête n'est pas de mon ressort. L'administration, poursuivit-il d'une voix devenue stridente, est un domaine d'une grande complexité ! J'ai bien peur de ne pouvoir vous aider. C'est impossible.

– Dans ce cas, peut-être pourriez-vous transférer notre demande…

– Du café ! s'écria soudain l'homme.

Il agita une clochette.

– Puis-je vous offrir du café avant que vous ne partiez ?

– Merci, répondit Charles, mais non. J'aimerais mieux discuter…

– J'insiste ! poursuivit l'homme, le regard affolé. Le café français est le meilleur du monde.

À ce moment-là, la réceptionniste entra dans la pièce en poussant un chariot argenté. Elle adressa un clin d'œil à Sophie.

– Posez cela et laissez-nous, Brigitte, dit l'employé. Bien. Que disions-nous ?

Sophie prit une gorgée de café et tenta de l'avaler, mais l'usage de sa gorge lui fit soudain défaut. Elle recracha, le plus discrètement possible, le liquide dans sa tasse. Quelques gouttes éclaboussèrent malheureusement son chemisier blanc et l'employé eut un mouvement de recul.

– Désolée, marmonna-t-elle. Trop chaud.

L'homme lui tourna le dos, autant qu'il le put tout en restant assis sur sa chaise. Une position visiblement inconfortable.

– Bien, que disions-nous, monsieur ? répéta-t-il.

– *Vous* disiez, répondit Charles, que vous étiez dans l'incapacité de nous aider à trouver les archives du *Queen Mary*. Je vous demande donc de transférer notre requête à une personne qui serait à même de le faire.

Le temps de servir le café, l'employé avait repris ses esprits. Il humecta ses lèvres de grenouille.

– Je ne peux pas faire cela, je suis navré. C'est absolument impossible. Le protocole, voyez-vous.

Charles hocha la tête. Il faisait preuve d'une politesse implacable.

– Je vois, dit-il. Sophie, pourrais-tu sortir un instant ?

– Oh ! Pourquoi ? Parce que j'ai craché ? S'il te plaît, ne…

– Non, répondit-il gentiment, pas parce que tu as craché. Mais s'il te plaît, va attendre dehors.

Voyant son expression, Sophie se leva sans un mot.

– Je serai devant la porte, dit-elle avant de la fermer derrière elle.

Sophie s'assit par terre et attrapa ses chevilles. Le couloir lui sembla plus froid encore qu'auparavant. Plus sombre aussi. Elle serra les poings et contempla le plafond. Puis elle posa son nez contre ses genoux et murmura :

– Je vous en supplie. Je vous en *supplie*. J'ai besoin d'elle.

Son cœur tambourinait douloureusement dans sa poitrine.

– Tout ce que je veux, c'est elle. Rien d'autre.

Des voix s'élevèrent alors derrière la porte. Elle alla coller son oreille contre le trou de la serrure. Le contact du métal glacé la fit grimacer, mais elle put ainsi entendre distinctement la conversation.

C'était l'employé qui parlait :

– … Ridicule. L'imagination d'une enfant… d'une petite fille…

Puis ce fut au tour de Charles :

– Vous sous-estimez les enfants. Vous sous-estimez les filles. Monsieur, j'exige un rendez-vous avec le préfet de police.

– Et vous, monsieur, vous *sur*estimez votre propre importance. Je ne peux vous laisser voir le préfet de police.

– Je vois.

Il y eut une pause. Sophie retint sa respiration.

– Votre réceptionniste est tout à fait charmante, ajouta Charles. Elle s'est montrée fort serviable.

– Je ne vois pas le rapport avec l'affaire qui nous occupe.

– Elle m'a parlé de votre approche innovante de la comptabilité. Votre connaissance des chiffres semble vraiment… exceptionnelle. Et pour ce qui est de votre compte bancaire, les opérations y sont étonnamment nombreuses.

Sophie entendit quelqu'un s'étouffer. Le café de l'employé avait dû faire des siennes, une fois de plus. Charles reprit la parole.

– Loin de moi l'idée de mettre mon nez dans quelque affaire douteuse. J'ai le sentiment, cependant, qu'un rendez-vous avec le préfet de police serait dans notre intérêt à tous les deux.

– C'est du chantage.

– Tout à fait, dit Charles.

– Le chantage est un crime.

– Exactement, dit Charles.

La voix de l'employé était sèche et froide comme la mort.

– La petite demoiselle en vaut-elle la peine ? Mérite-t-elle que vous commettiez un crime pour elle ?

– Elle le mérite, répondit Charles posément. La flamme qui brille en elle pourrait déclencher un feu de forêt.

– Elle me semble plutôt ordinaire, déclara l'autre.

Accroupie contre la porte, Sophie se hérissa.

– C'est ce qu'on pense des gens, la plupart du temps, avant de les connaître, répliqua Charles. Sophie est dotée d'une intelligence et d'un courage exceptionnels ; et, en ce moment très précis, de quelques taches de café. D'ailleurs, puisqu'on parle du loup…

Une chaise racla le plancher. Sophie eut à peine le temps de faire deux pas maladroits en arrière que la porte s'ouvrit.

– Entre, ma chérie. Ce monsieur a de bonnes nouvelles.

L'homme était blême, ses narines frémissaient.

– Je peux vous obtenir un rendez-vous, annonça-t-il, avec le préfet de police. Il sera peut-être en mesure de vous aider.

– Merci, dit Charles. Comme c'est aimable de votre part. Demain ?

– Demain, c'est impossible. Son emploi du temps est surchargé, et je ne suis pas sûr qu'il…

Charles se leva, dominant l'employé de toute sa hauteur. Ses sourcils étaient plus inquiétants que jamais.

– Dans ce cas, disons après-demain, dit-il. Merci bien. Nous serons là à midi. Viens, Sophie.

Pour la deuxième fois de la journée, Sophie obligea son tuteur à se baisser pour chuchoter à son oreille.

– Je n'ai pas fini mon café. Est-ce que j'y suis obligée ?

– Non, lui répondit Charles. Je crois que je vais laisser le mien également. J'ai l'impression de boire du jus de tapis.

– Tant mieux, dit Sophie. Personnellement, je trouve qu'il a un goût de cheveux brûlés.

Sur quoi, pour la deuxième fois, elle cracha dans sa tasse.

11

À Paris, les nuits étaient plus calmes qu'à Londres, et pourtant Sophie était incapable de trouver le sommeil. Dans son lit, elle aurait pu lire à la clarté de la lune tant celle-ci brillait fort, mais elle se contentait de regarder fixement les pages de son roman, sans en voir les mots.

Elle avait peur. Elle songea qu'elle n'avait aucune raison d'avoir peur, mais les battements de son cœur continuaient malgré tout de s'accélérer jusqu'à l'empêcher de respirer. Elle essaya de penser à Charles, à sa gentillesse, à ses grandes jambes. Elle essaya de penser à sa mère, qui se trouvait peut-être seulement à quelques rues de là. Rien n'y fit. Elle était obnubilée par la crainte de se faire arrêter, et par la situation horrible qui en découlerait, et par le rictus de satisfaction qui se dessinerait sur le visage de miss Eliot.

L'hôtel tout entier sombra dans le silence. Sophie se tourna et se retourna dans son lit jusqu'à ce que les draps et les couvertures se retrouvent en tas sur le sol, mais elle ne pouvait toujours pas dormir.

Finalement, elle se mit debout sur le matelas et

examina attentivement la lucarne. Charles et elle avaient oublié d'acheter de l'huile, et quand elle tira sur le loquet, rien ne bougea. La charnière était rouillée et la peinture s'écaillait.

Soudain, une idée lui vint.

– Oui ! murmura-t-elle.

Elle descendit les marches de l'escalier de l'hôtel deux à deux et s'arrêta devant la porte de la salle à manger, l'oreille aux aguets. La pièce semblait déserte. Elle entra comme une flèche, saisit la bouteille d'huile d'olive posée sur la table la plus proche et se volatilisa avant même que la petite souris qui se trouvait dans un coin ait eu le temps de cligner des yeux.

De retour dans sa chambre, Sophie versa de l'huile sur du papier journal rassemblé en boule, puis tamponna la charnière avec. Au bout de quelques minutes, celle-ci n'avait pas bougé d'un millimètre, tandis que le papier journal se désintégrait dans ses mains, devenues toutes poisseuses. Il lui fallait essayer autre chose.

– Du tissu. J'ai besoin de tissu, murmura-t-elle.

La taie d'oreiller ferait peut-être l'affaire. Cependant, elle n'était pas certaine que l'hôtelier partagerait son point de vue. Elle eut alors un éclair de génie : elle retira l'un de ses bas de laine, l'enfila sur sa main tel un gant, puis versa dessus la moitié de la bouteille d'huile.

La langue entre les dents, Sophie frotta ensuite vigoureusement la charnière. Des écailles de rouille se mirent à tomber, révélant du cuivre brillant. Sans raison, son cœur commença à battre la chamade. Une fois qu'elle eut suffisamment graissé la pièce de métal, elle refit claquer le loquet – c'était dur, mais l'huile sur ses doigts lui facilita la tâche – puis elle poussa la vitre de toutes ses forces. Toujours rien. Elle insista. La fenêtre grinça nerveusement, mais demeura fermée.

Sophie lâcha un juron et se laissa glisser à terre. Pourquoi se mettre dans tous ses états ? Ce n'était qu'une fenêtre. Elle n'avait peut-être pas été conçue pour être ouverte, voilà tout. Sans raison aucune, cette sensation de picotement dans le nez, annonciatrice de larmes, commença pourtant à s'emparer d'elle.

Calme-toi. Ce que tu es bête. Réfléchis. En se relevant, elle fit alors tomber quelque chose de sa table de chevet. C'était le pain aux raisins de la dame de la gare. Un « Oh ! » de surprise s'échappa de ses lèvres.

Le pain était rassis sur les bords mais encore fondant et sucré au centre. Elle en vint à bout en moins d'une minute.

Puis elle se lécha les doigts – ce qu'elle regretta instantanément car le sucre et l'huile formaient une association dégoûtante – et remonta sur le lit. Elle cracha dans ses mains et poussa le cadre de la fenêtre de tout son poids. Elle avait mal au cœur. Soudain, la lucarne s'ouvrit dans un grincement strident et Sophie fit un bond en arrière.

– Oui ! s'écria-t-elle.

Sans prendre le temps de réfléchir, elle se rua par l'ouverture, posant un genou sur le rebord de la lucarne et un pied sur le cadre du lit. Puis elle se projeta d'un seul coup et, de ses deux mains, chercha une prise à l'ex-térieur. Après une mauvaise chute et un grognement, elle se retrouva sur le toit.

Sophie resta accroupie un instant pour reprendre son souffle. Elle saignait abondamment d'un genou. Le temps que cessent ses tremblements, elle essuya sa bles-sure puis la banda avec son autre bas.

Le toit s'étendait devant elle, plat, gris, lisse, et décoré ça et là de déjections d'oiseaux. Il y avait des conduits de cheminée et une girouette, le tout recou-vert de suie noire. Ce toit, songea-t-elle, devait être l'un des plus hauts à des kilomètres à la ronde. Un pigeon solitaire l'observait. Elle lui fit une grimace. L'oiseau lui tourna le dos.

Sophie rampa jusqu'au bord pour admirer la vue. Elle pouvait embrasser Paris d'un regard, dans un dégradé de bleu nuit. La ville était un quadrillage de rues et de places. La lune éclairait les auvents colorés des bou-tiques – étonnamment sales, vus d'en haut – et les cercles concentriques formés par les chapeaux de deux hommes élégants qui passaient. Depuis le toit, Sophie trouva les hauts-de-forme beaucoup moins ridicules. Et puis, de son repaire, les rues ressemblaient à des rivières. Le fleuve lui-même miroitait comme du vif-argent sous le clair de lune. Le vent tourna, charriant des effluves de foin humide.

Elle se pencha davantage et regarda droit vers le bas. C'était une erreur. Elle laissa échapper un juron du bout des lèvres, et sentit son estomac se nouer. Elle recula ensuite avec une rapidité qui l'étonna elle-même et enfonça ses ongles dans les briques d'une cheminée pour se sécuriser. Elle ne s'était jamais retrouvée à une telle hauteur. Jamais. La lune lui semblait toute proche ; elle aurait pu y envoyer une pierre.

Sophie se débarrassa de sa robe de chambre et se releva, en chemise et culotte. Elle tournoya sur place, et le ciel de Paris tournoya en même temps qu'elle. Le vent s'intensifia. Une grosse bulle de bonheur envahit sa poitrine et monta lui chatouiller le nez. Elle écarta les bras et se lança dans une danse guerrière autour des cheminées en poussant tout bas de minuscules cris de joie.

Elle aurait aimé rester dehors toute la nuit, mais peu après que les horloges eurent sonné deux heures, le froid la saisit et son genou se remit à saigner. Elle essuya ce qui dégoulinait à l'aide de feuilles et se fit un bandage plus serré avec son bas avant de redescendre par la lucarne.

Tandis que son regard glissait vers l'intérieur, Sophie crut voir quelque chose bouger sur le toit d'en face. Mais les ombres de la nuit, elle le savait bien, vous chamboulaient la vue. C'était probablement un grand oiseau, ou bien des volutes de fumée.

12

Sophie ne dormit pas longtemps. Elle n'avait fait qu'un demi-rêve quand un fracas suivi d'un bruit sourd retentit dans sa chambre. Elle se réveilla en sursaut. Comme elle était couchée sur le ventre, son cri fut étouffé par son oreiller. La voix qui s'éleva dans l'obscurité, en revanche, lui parvint très distinctement.

– Ne *hurle* pas comme ça. Tu vas réveiller tout l'hôtel.

Sa coiffeuse était renversée sur le sol, à côté d'une tasse brisée. Le tapis était maculé de boue et de suie, et au pied de son lit se tenait un garçon.

– Arrête ça. Stop ! Arrête de crier ! Arrête de crier, Sophie ! dit-il.

Sophie n'avait pas l'impression d'avoir crié. Elle avait failli s'étouffer de peur, plutôt, ce qui semblait compréhensible étant donné les circonstances. Elle écarta une mèche de ses yeux.

– Qui es-tu ? demanda-t-elle.

Elle attrapa un livre et le tint devant elle tel un bouclier – au cas où il tenterait de la poignarder.

– Je vais hurler.

– Non. Ne hurle pas.

– Et pourquoi ?

Elle le distinguait mal dans l'obscurité.

– Je suis sur le point de le faire.

Sophie remarqua alors que le garçon était à peine plus âgé qu'elle. Il avait de longues jambes, et un visage tendu et méfiant comme celui d'un animal. Il n'avait pas l'air d'un meurtrier. Elle retrouva une respiration normale.

– Parce que je n'aime pas les cris, dit-il.

– Que veux-tu ?

– Je veux te parler, Sophie.

– Qui t'a donné mon nom ? Et que fais-tu ici ?

– J'ai entendu l'homme le prononcer dans la rue. Le grand. Celui que tu appelles Charles. Mon nom à moi est Matteo, ajouta-t-il, comme si l'idée venait de lui traverser l'esprit.

– Tu nous espionnais ?

– Oui, répondit le garçon en se fourrant un doigt dans le nez. Mais tu n'as rien de spécial. J'espionne tout le monde.

– Et si je crie pour appeler la police ? Que va-t-il se passer ?

– Tu ne le feras pas, dit-il en haussant les épaules. Mais si ça arrive, je peux décamper en… six secondes, fit-il calmement après un coup d'œil estimatif à la lucarne.

– Sauf si je t'en empêche.

– Tu peux toujours essayer, suggéra-t-il avec un autre mouvement d'épaules.

– Et que fais-tu ici ?

Sophie se redressa sur son lit. *Reste calme*, se dit-elle. L'exiguïté de sa chambre était une aubaine. S'il essayait de l'attaquer, elle n'aurait que trois pas à faire pour atteindre la porte et s'enfuir.

– Je suis entré par le toit.

– Oui, je vois ça !

Il avait laissé la lucarne grande ouverte, apportant avec lui les fientes d'au moins deux douzaines de pigeons.

– Mais *pourquoi* ? Pourquoi ne pas être passé par la porte ?

– Tu ne la verrouilles pas ? C'est dangereux. Tu devrais t'enfermer à clé.

– Si, je le fais, si tu veux savoir – *pour éviter que des inconnus n'entrent dans ma chambre.*

Le garçon haussa encore une fois les épaules et se mit à rire. Dans le noir, elle avait du mal à savoir s'il se moquait d'elle. Ce n'était pas un rire bienveillant.

– Et comment t'es-tu retrouvé sur ce toit ? Je pensais que la seule façon d'y monter était de passer par ma fenêtre.

– Tu croyais qu'il n'y avait qu'une seule façon de monter sur ce toit ? *Vraiment ?* Tu croyais vraiment ça ?

– Qu'est-ce qui te fait rire ?

– Il y a des centaines de façons de monter sur un toit. J'aurais pu escalader la gouttière.

– Ah bon ? Je t'aurais entendu, non ?

– Probablement.

– Dans ce cas, *comment* as-tu fait ?

– J'ai sauté. Du toit d'à côté.

– Tu as sauté ? répéta Sophie en essayant de prendre un air désinvolte. Mais ce n'est pas dangereux, ça ?

Son air désinvolte lui donnait des crampes.

– Non. Je ne sais pas. Peut-être. La plupart des choses sont dangereuses. Et tu as un tic à l'œil.

– Ah ?

Elle abandonna son expression désinvolte.

– Oh.

– Oui, bref.

Le garçon planta des yeux sombres et sévères dans ceux de Sophie.

– Je suis venu te dire de ne plus mettre les pieds sur mon toit.

Sophie resta sans voix. Qu'il lui demande de l'argent ou cherche à voler son violoncelle l'aurait moins surprise. Elle était si abasourdie qu'elle en oublia sa peur.

– Ce n'est pas ton toit ! Qu'est-ce que tu racontes ? s'étonna-t-elle.

– Tous les toits situés entre le fleuve et la gare sont à moi. Je ne t'ai pas donné la permission de monter.

– Mais… les toits n'appartiennent à personne. C'est comme l'air, et l'eau. Ce sont des no man's land.

– Pas du tout. Ils sont à moi.

– Comment ça, à toi ? Je ne comprends pas.

– Ils sont à moi, c'est tout. C'est moi qui les connais le mieux.

Sophie était sceptique et cela devait se voir sur son visage, car le garçon fronça les sourcils.

– C'est la vérité ! protesta-t-il. Je sais exactement quel conduit de cheminée va tomber l'automne prochain, et quels champignons de gouttière sont comestibles. Je parie que tu ne savais même pas que les champignons qui poussent sur les gouttières étaient comestibles, pas vrai ?

Sophie, n'ayant jamais entendu parler de tels champignons, s'abstint de répondre.

– De plus, ajouta le garçon, je connais absolument tous les nids d'oiseaux installés de mon côté de la ville.

– Ça ne fait pas des toits ta propriété privée.

– Ils m'appartiennent plus qu'à quiconque. Je vis dessus.

– Non, ce n'est pas vrai. C'est impossible. Personne ne vit sur les maisons. On vit *dans* les maisons.

– Tu ne sais pas de quoi tu parles.

Le garçon lui lança un regard furieux, puis donna un coup de poing sur le mur, y laissant une trace de suie. L'index de sa main droite avait l'extrémité coupée.

– Écoute, c'est idiot, continua-t-il. Je ne veux pas te faire de mal, mais tu dois rester à l'écart des toits, sinon…

– Sinon quoi ?

– Sinon je t'en ferai, du mal, dit-il sans émotion – comme s'il concluait un banal arrangement.

– Mais pourquoi ? De quoi parles-tu ?

– Tu ne seras pas assez prudente. Tu vas me faire repérer. Tu as les rues. Utilise-les.

Au-dehors, les nuages s'éloignèrent de la lune, et une brève lueur nocturne emplit la chambre. Le garçon avait la peau sombre – ou sale, peut-être ? – et un visage anguleux éclairé d'une paire d'yeux

– Je ne peux pas me priver des toits, affirma Sophie. J'en ai besoin.

– Pourquoi ?

– Je… bredouilla-t-elle. C'est difficile à expliquer. Je m'y sens en sécurité.

Elle rougit en disant cela, et le garçon pouffa.

– Je veux dire, ils sont importants pour moi.

– Bon. Et alors ?

– Tu ne comprends pas, j'ai l'impression d'être déjà venue ici. Je pense que ça pourrait être un indice.

Sophie s'attendait à le voir fléchir. C'est ce que l'on fait dans ce genre de situation : on capitule. Les gens bien élevés capitulent.

Cependant, le garçon se contenta de la regarder fixement, le visage fermé.

– *Non*. Les toits ne sont pas des *indices*, dit-il. Ils sont à moi. Tu vas me faire repérer. Je suis sûr que tu es trop lente. Et quand on est lent, on ne passe pas inaperçu.

– Je ne suis pas lente !

Il inspecta les mains et les pieds de Sophie.

– Je suis certain que tu saignes facilement. Tu as l'air molle.

– Je ne suis *pas* molle. Regarde ! Non, ne t'en va pas. *Regarde*.

Sophie tendit alors sa main gauche, paume vers le

haut. Les extrémités de ses doigts étaient calleuses à cause des cordes du violoncelle.

– Est-ce que mes mains ont l'air molles ?

– Oui.

Sophie aurait pu hurler.

– Et je suis aussi persuadé que tu feras du bruit, ajouta le garçon.

– Qu'en sais-tu ? Tu ne me connais pas.

C'en était trop pour elle : non seulement ce garçon entrait par effraction dans sa chambre au beau milieu de la nuit, mais en plus, il se permettait de critiquer son volume sonore.

– Tous les gens des trottoirs sont bruyants. Tu vas me faire repérer. Ou bien tu vas tomber, et on va se mettre à te chercher partout et tous nous trouver, nous. Je veux dire, me trouver, moi. Non. Pas question que tu montes sur le toit.

– Tu ne peux pas m'en empêcher.

Le garçon soupira. Visiblement, sa patience ne tenait plus qu'à un fil.

– Bien ! Comme tu voudras. Mais reste sur ton propre toit, alors. Ne t'approche pas du bord. Ne cherche pas à monter plus haut. N'y va pas après le lever du soleil, sans quoi on te verra. Et ne fais pas de bruit. Si jamais je t'entends, je viendrai dans ta chambre et je te brûlerai les cheveux pendant ton sommeil.

– Mais c'est impossible ! s'écria Sophie. Impossible. J'ai besoin d'explorer. J'ai besoin d'en savoir plus. Est-ce que je ne pourrais pas... venir avec toi ?

Le regard qu'il lui adressa était froid comme la glace. Si froid qu'il brûlait.

– Très bien. Si tu arrives à m'attraper.

Il n'avait pas menti en affirmant qu'il pouvait disparaître en six secondes. Il s'accrocha au châssis de la lucarne, se glissa dans l'ouverture en se tortillant et se retrouva à l'extérieur avant que Sophie n'ait pu compter jusqu'à cinq. Ce n'était pas un garçon, mais une lanière de cuir montée sur ressorts.

Sophie le suivit, avec seulement quelques tâtonnements et un peu de sang. Elle avait de longues jambes et elle était vive, mais tandis qu'elle se hissait encore sur l'ardoise, le garçon se trouvait déjà quatre toits plus loin. Il courait avec fluidité, mais d'une manière étrange. Elle le devinait à peine, ne percevant plus qu'une silhouette noire se mêlant aux ombres projetées par les nuages qui glissaient sur la lune.

Elle se lança à sa poursuite. La nuit était humide à présent, et l'ardoise se révélait glissante à des endroits insoupçonnables. N'osant pas prendre de la vitesse, elle avança à petites foulées, sur son propre toit, avant de s'aventurer sur le suivant.

La course sur toit est différente des autres types de course. Sophie s'efforçait de garder la tête baissée et le dos voûté. Un derrière dépassant des balustrades et des conduits de cheminée n'attirerait pas trop l'attention. Ses bras et ses doigts lui semblaient malgré tout plus longs et plus encombrants que d'habitude.

Elle finit par s'arrêter, haletante. Le vent se fit plus

cinglant, et elle dut s'agripper à une gouttière. Au-dessous d'elle, les horloges sonnaient quatre heures. Paris s'éveillait. La ville résonnait aux oreilles de Sophie comme le bruissement d'une centaine de secrets, comme les chuchotements mêlés d'une dizaine de devins.

Toutefois, le garçon était introuvable. Le garçon avait disparu.

13

La nuit suivante, Sophie commença son entraînement.

Elle n'avait jamais travaillé aussi dur de toute sa vie. Elle fit des abdominaux, puis des tractions sur le châssis de la porte. Elle s'exerça à se balancer sur une jambe, les yeux fermés, un nombre incalculable de fois. À la première tentative, elle tint sept secondes. À la centième, une minute et quarante-deux secondes. Elle courut pieds nus sur le toit, fit d'innombrables va-et-vient en chantant à voix basse pour oublier la douleur.

Vers une heure du matin, elle comprit soudain ce qui rendait si particulière la façon de courir de Matteo : il courait orteils d'abord plutôt que talon d'abord, ce qui déplaçait son centre de gravité vers les genoux. Elle eut l'impression d'avoir découvert l'eau chaude, ou résolu un problème mathématique.

À deux heures du matin, le garçon apparut. Il se trouvait deux toits plus bas, tapi derrière un conduit de cheminée. Elle l'avait repéré, mais lui ne semblait pas en avoir conscience.

– Je te vois ! cria-t-elle. Et je n'ai pas l'intention de céder !

Là-dessus, elle fit la roue. C'était la roue la plus audacieuse jamais réalisée sur un toit de Paris. Puis elle tournoya sur place. Elle se sentait à fleur de peau, et plus forte aussi. Il était peu probable, pourtant, que ses muscles se soient déjà développés. Une réelle transformation demandait plusieurs mois d'entraînement. En réalité, si elle sentait autant leur puissance, c'était pour la simple raison qu'elle en avait besoin, à ce moment précis : ils s'étaient réveillés pour elle. Ils lui semblaient plus nerveux, plus alertes, comme ceux d'un chat. *Voilà une chose bien utile que les muscles*, songea-t-elle. *Grâce à eux, le monde est à portée de main.*

Le vent soufflait fort à cette altitude. Sophie reçut de la poussière de cheminée dans les yeux. Elle noua ses cheveux en arrière avec une brindille.

L'obscurité était plus opaque sur le toit, profonde et silencieuse. En bas, dans la rue, elle était ennuyeuse, aussi insignifiante qu'un tableau noir. En haut, elle recelait d'innombrables oiseaux invisibles et tous les murmures de la ville. L'odeur aussi était différente. En bas, Sophie ne pouvait distinguer les parfums qu'à quelques mètres de distance seulement. En haut, toutes les boulangeries et toutes les animaleries de Paris mêlaient leurs effluves pour former quelque chose de dense, de singulier et de délicieux.

Du toit, la lune paraissait aussi deux fois plus grande et trois fois plus belle. Le spectacle valait vraiment la peine que l'on s'y attarde.

Sophie imagina sa mère, quelque part non loin de là, au milieu des étoiles. La place des mères était parmi elles.

Elle marcha jusqu'au toit contigu au sien, fit un bond d'un mètre pour l'atteindre, puis en traversa trois autres en courant.

– Matteo ! cria-t-elle. Je sais que tu m'entends. Je ne vais pas céder ! Je continue à explorer !

Puis, timidement, se sentant un peu bête, elle lâcha dans la nuit :

– On fait la paix ? Amis ?

Quelque part en bas, un cheval hennit. On aurait dit qu'il riait.

Sur le chemin du retour vers la lucarne de sa chambre, elle continua à courir, à bride abattue. Son cœur battait si vite qu'il cognait contre ses os. Le vent plaquait ses vêtements et ses cheveux en arrière, mais elle maintint son rythme. *Ça doit être ça, le paradis*, songea-t-elle. Elle se sentait aussi sûre d'elle qu'un corbeau. Quoi qu'on dise sur les corbeaux, une chose est certaine : ils ont vraiment l'air de savoir ce qu'ils font.

14

Sophie se prépara au rendez-vous avec le préfet de police comme un soldat se prépare à la guerre. Elle fit sa toilette à l'eau froide et lissa ses sourcils avec de la salive. Elle frotta de la lavande sur ses poignets et dans son cou. Devant la glace, elle s'exerça à prendre un air innocent. Elle cracha sur ses chaussures pour les faire briller et nettoya ses bas tachés d'huile et de fientes d'oiseaux.

– À te voir, dit Charles quand ils se retrouvèrent devant la porte, on croirait que tu t'apprêtes à chanter un solo dans la chorale de l'église.

– Tu le penses vraiment ? demanda-t-elle en faisant un nœud au bout de sa tresse avant de la glisser sous son chapeau. C'était justement l'effet recherché.

– Absolument. Tu as l'allure d'une personne qui posséderait au minimum un poney. Tu es parfaitement méconnaissable. Beau travail.

Tandis qu'ils parcouraient les rues de Paris, Sophie eut le sentiment de voir la ville d'un autre œil, plus critique. La tête penchée en arrière, elle observa les toits et, presque inconsciemment, les jugea. Celui-là serait trop abrupt ; et celui-là trop bas ; celui-là était parfait, sauf que sa gouttière n'avait pas l'air très résistante.

Voyant l'immeuble de la préfecture de police se dresser peu à peu devant eux, elle se dit qu'il serait fantastique à escalader. Son toit était plat, et sa gouttière en acier bien épais. Elle se crispa lorsqu'ils pénétrèrent dans le bâtiment. Elle aurait de loin préféré rester dehors.

L'entretien devait avoir lieu dans une pièce au plafond haut et au mobilier massif. Elle semblait conçue pour que Sophie s'y sente minuscule. Un vigile se tenait au garde-à-vous devant la porte.

Ils comprirent immédiatement qu'il s'agissait moins d'un entretien que d'une embuscade.

Le préfet ne se leva pas pour les saluer. Il se contenta de leur désigner deux sièges d'un geste de la main.

– Bonjour, dit-il d'une voix grave, à la sonorité *moustacheuse*. Veuillez vous asseoir, monsieur Maxim, miss Maxim.

Sophie s'assit sans prêter attention aux mots du préfet. Quand elle en saisit enfin le sens, elle se leva d'un bond et se précipita vers la porte en s'écriant :

– Charles ! Viens ! Cours !

Charles n'avait pas bougé. Il se tenait au centre de la pièce, son parapluie à la main, le visage figé. Il avait l'air d'un soldat. Sophie s'immobilisa, la main sur la poignée de la porte.

Le préfet sourit.

– Je pourrais vous souhaiter la bienvenue à Paris, mais ce ne serait pas sincère.

– Que se passe-t-il ? demanda Charles. Avez-vous l'intention de m'arrêter ?

– Non. J'ai l'intention de vous donner le choix. Asseyez-vous.

– Quel choix ? dit Charles, qui demeura debout.

– Je vous en prie, asseyez-vous. Vous vous privez d'une très bonne chaise.

Sophie resta où elle était. Charles finit par s'asseoir.

– Quel choix avez-vous en tête ? reprit-il.

– Un choix très simple. Si vous n'abandonnez pas cette recherche puérile et ne quittez pas le pays, je vous ferai jeter derrière les barreaux.

Les narines de l'homme se dilatèrent, comme si cette pensée lui procurait du plaisir.

– Je vois, dit Charles. C'est d'une clarté admirable. Puis-je vous demander pourquoi vous n'avez pas déjà mis ce projet à exécution ?

– Je crois que vous et moi préférerions éviter le scandale, si possible. Non ?

– Non, dit Sophie. Non, j'aime autant faire un scandale. J'ai besoin de la retrouver.

– Petite fille, dit le préfet.

Cette fois-ci, il s'en prenait à elle, et tout le faste de la pièce sembla se masser derrière lui.

– Écoutez-moi bien. Le *Queen Mary* n'était plus qu'une épave. Aucune femme n'a survécu. La liste des passagers, les adresses, les registres du personnel, les papiers d'assurance : tout a sombré avec le navire. Je n'ai aucune envie de me lancer dans une enquête. Et vous n'avez aucune envie de vous retrouver à l'orphelinat. Nous sommes donc un peu pareils, vous et moi, non ?

– Je vous déteste, murmura Sophie. Je vous déteste.

– Je vous laisse une journée pour réserver votre billet de retour vers l'Angleterre. Je vous recommande le port de Dieppe pour attraper un bateau. Il est très agréable à cette période de l'année.

Charles inclina la tête.

– Vous remarquerez que ma jeune pupille ne vous a pas encore craché dessus. J'admire son sens de la retenue.

Pendant un instant de pure folie, Sophie crut que Charles avait l'intention de le faire lui-même – le menton levé, il semblait en position pour cracher –, mais il se contenta de lui prendre la main et de la conduire hors de la pièce.

Ils longèrent au moins cent mètres de couloir avant que le vigile ne puisse plus les voir. Alors, seulement, Charles proféra un juron à voix basse et se mit à courir. Sophie eut du mal à le suivre. Elle en perdit son chapeau et l'abandonna dans sa course. Ils franchirent les immenses portes du bâtiment à fond de train, sous les yeux médusés du portier, et se retrouvèrent dehors, en plein soleil.

– Je n'aurais pas pu rester une minute de plus dans cette pièce, dit Charles. Cet homme est un menteur.

– Oui. Il avait les narines dilatées.

– Tu l'as remarqué, toi aussi. Tellement dilatées qu'une péniche aurait pu s'y engouffrer.

– Mais je ne comprends pas.

Sophie s'arrêta pour s'appuyer contre un réverbère.

– Qu'est-ce que ça peut lui faire, nos recherches ? Crois-tu qu'il est impliqué là-dedans ? Dans le naufrage ?

– Peut-être pas dans le naufrage, mais il se pourrait bien qu'il ait l'intention de détruire les archives.

– Pourquoi ? Que veux-tu dire ? Dans quel but ?

– Il y a dix ans, un scandale a éclaté en Europe, à propos d'une série de naufrages, justement. C'était une arnaque à l'assurance : on faisait certifier qu'un vieux bateau était sûr, il coulait, et on percevait l'assurance. On livrait aux survivants des versions contradictoires. On brouillait la vérité. On la maquillait. Et on brûlait ou cachait les dossiers, pour que personne ne puisse vérifier qui avait évalué l'état du bateau. Il y a eu huit cas, en tout, avant que l'on ne procède à la moindre arrestation.

– Mais… des gens sont morts ?

– Des centaines de personnes. Sans victimes, il y aurait eu des soupçons.

– Mais c'est affreux ! C'est inhumain !

– Je sais, ma chérie. L'argent peut rendre inhumain. Il vaut mieux se tenir à l'écart des personnes qui lui accordent trop d'importance. Ces gens-là ont des esprits malsains et frivoles.

– Et… si le *Queen Mary* était l'un de ces bateaux ?

– Eh bien ?

– Cela voudrait dire qu'ils ont brûlé les dossiers ?

Pourvu qu'ils ne l'aient pas fait, pensa-t-elle. Surtout pas ça. Elle en avait besoin.

– Il est plus probable qu'ils les aient conservés,

répondit Charles. Quand plusieurs personnes sont impliquées, il est peu judicieux de brûler quoi que ce soit.

– Pourquoi ? Je ne comprends pas. À leur place, je les aurais brûlés.

– Quand on se fait prendre, il vaut mieux détenir des preuves attestant que l'on n'a pas agi seul. La loyauté des criminels entre eux, cela n'existe que dans les livres.

Charles essuya ses verres de lunettes. Une certaine gravité se lisait dans ses yeux.

– Je ne dis pas que les choses se sont passées ainsi. Mais c'est possible.

– Et il ne faut jamais négliger une possibilité ?

– Précisément, dit-il avec un léger sourire. Je n'aurais pas trouvé meilleure formule.

– Et où les auraient-ils cachés, ces papiers ?

– Ils peuvent se trouver n'importe où. Dans leurs maisons, dans leurs bureaux, sous leurs planchers. Sinon, il y a une pièce réservée aux archives au dernier étage de cet immeuble. D'après ce qu'on m'a dit, elles regroupent quatre millions de documents rangés dans une centaine d'armoires.

– Qui t'a dit ça ?

– La jeune femme de la réception. Elle devrait être promue. Tant de talent gâché.

Ils traversèrent la rue pour éviter un troupeau de touristes américains.

– Charles ?

– Oui ?

– Non, rien.

Ils continuèrent de marcher. Et puis :

– Charles ?

– Je suis tout ouïe.

– Le meilleur endroit pour cacher des papiers, ce ne serait pas au milieu d'autres papiers ?

– C'est fort probable.

– Donc…

– Oui, je vois ce que tu as en tête.

– Et les archives sont au dernier étage, dis-tu ?

– Sophie…

– C'est ce que tu as dit, non ?

L'idée cheminait en elle sous forme de frissons et de picotements.

– Et si…

– Non, Sophie.

– Mais…

– *Non.* Il n'est pas question que tu prennes le risque de te faire arrêter. Tu ne t'approcheras pas de cet endroit. N'y pense même pas.

– Mais on ne va pas vraiment rentrer en Angleterre, n'est-ce pas.

Ce n'était pas une question.

– Je ne partirai pas. Je ne *peux pas* partir. Pas si près du but.

– Bien sûr que non. Mais, Sophie – là, je suis sérieux –, tu ne devras pas quitter l'hôtel.

– Mais tu ne peux pas continuer les recherches sans moi…

– Si, je le peux. Il faudra que tu me fasses confiance.

– Et comment vais-je pouvoir t'aider dans ce cas ? Tu dois me laisser t'aider ! Que comptes-tu faire ?

– Je vais engager un avocat, Sophie.

– Quel genre d'avocat ?

– Le meilleur que l'on pourra s'offrir. Ce qui ne sera pas terrible, j'en ai peur. Et j'irai rôder dans quelques-uns de ces bars, pour voir si je peux glaner quelques ragots.

– Sur ma mère ? Sur Vivienne ?

– Sur les violoncellistes de toutes sortes.

– Oh.

Sophie était sceptique à propos des avocats en général, mais Charles avait l'air si déterminé et tant de bonté émanait de ses yeux, qu'elle garda ses doutes pour elle. À la place, elle dit :

– Mais si je pouvais juste accéder aux archives…

– Non. Il y a un vigile à chaque étage. Tu as vu celui qui se tenait devant le bureau du préfet de police ?

– Oui. Mais si les archives…

– Cet homme avait une carrure de rhinocéros. Et je te l'ai dit, il y en a un comme lui à tous les étages.

Charles leva alors vers le soleil des yeux brillants de colère.

– En fait, Sophie, j'aimerais même que tu restes à l'écart des autres clients de l'hôtel. Et que tu n'ouvres pas la porte de ta chambre.

– Très bien.

Elle se dit qu'elle ne mentait pas.

– Je n'ouvrirai pas la porte.

Il la regarda, et elle le regarda en retour, de ses yeux innocents.

– Je suis désolé, ajouta-t-il. Je sais que ta chambre est étouffante. Je t'apporterai quelques bons livres.

Sophie garda le silence, mais une petite flamme continuait de danser dans son cœur. *Il ne faut jamais négliger une possibilité.*

15

Ce soir-là, Sophie prit congé de Charles de bonne heure et se hissa sur le toit dès les premières secondes du crépuscule.

Elle s'assit contre un conduit de cheminée et attendit qu'il fasse nuit noire. Le menton posé sur les genoux, elle passa en revue les options qui s'offraient à elle.

À sa grande surprise, le renoncement ne figurait pas sur sa liste. Elle trouva cela étrange, car le courage, à sa connaissance, ne faisait pas partie de ses qualités. Elle avait peur des eaux profondes et des grandes foules, et aussi des cancrelats. Quant à la seule pensée de se faire arrêter et d'être renvoyée en Angleterre, elle en était physiquement malade de terreur. Et pourtant, renoncer lui paraissait aussi inconcevable que voler. Sa mère lui semblait tellement plus réelle, dans cette ville. Sophie pouvait presque sentir son parfum : un parfum de rose et de résine. Elle avait le sentiment qu'elle se trouvait à quelques rues à peine.

Sophie se leva. Elle n'avait pas de stratégie en tête, mais elle agissait avec détermination, comme si tout avait été planifié d'avance. Elle ôta ses chaussures et les tint entre ses dents. Puis elle prit la direction du nord, en quête du garçon.

Après vingt minutes de marche, elle s'accroupit et enleva le lacet d'une de ses chaussures pour l'attacher à un conduit de cheminée. Cela prouverait au garçon qu'elle n'avait pas peur de quitter son propre toit. Au fur et à mesure de sa progression, elle sema ainsi des objets. D'abord son autre lacet, puis ses bas, puis deux rubans à cheveux – autant de choses très faciles à nouer. Ensuite, ce fut son mouchoir qui, un peu trop court, lui donna du fil à retordre. Au huitième toit, elle enroula sa robe de chambre autour d'un tuyau. Les lavages répétés l'avaient rendue grisâtre, et Sophie n'eut aucun regret à l'idée de l'abandonner.

Au neuvième toit, elle s'immobilisa. Le vide qui la séparait du toit suivant courait sur la longueur d'une planche à repasser. *Ce n'est pas loin*, se dit-elle. Elle était presque certaine de pouvoir franchir cet espace. Toutefois, ses pieds ne semblaient pas convaincus.

Sophie hésita. Finalement, elle se contenta d'ôter sa chemise de nuit et de la lancer de l'autre côté. Pendant une seconde, elle crut que le vêtement allait tomber droit dans une cheminée. Au lieu de quoi, il atterrit délicatement sur son rebord et resta là, un bras ondulant dans la brise comme s'il adressait un salut à la nuit.

Après cela, Sophie pivota et rebroussa chemin. Elle courait à toute vitesse, uniquement vêtue de sa culotte, ses chaussures toujours à la bouche, les bras écartés pour ne pas perdre l'équilibre. Elle foula ainsi l'ardoise une seconde fois, repassa sur les cimes de la ville, survola de nouveau les têtes de centaines de Français endormis, et retrouva son lit.

Matteo reparut la nuit suivante avec, dans ses bras, la chemise de nuit et les bas de Sophie. Sur le coup de minuit, profitant du carillon des horloges, il se glissa dans sa chambre. Il dut s'approcher à quelques centimètres du visage de la jeune fille pour que celle-ci ouvre enfin les yeux.

— Seigneur ! s'exclama-t-elle. Tu m'as fait une de ces peurs.

— Je sais, dit-il en lâchant les vêtements sur le lit. J'ai gardé la robe de chambre. Je la voulais.

Il s'assit et ajouta :

— Tu ferais mieux de tout m'expliquer, à présent.

— Tu jures de ne le répéter à personne ?

— Non, dit le garçon.

Sophie écarquilla les yeux. Qui répondait non à ce genre de question ?

— Tu ne jures pas ?

— Je ne jure jamais rien. Dis quand même.

Sophie se mordit la lèvre. Le garçon avait l'air intrépide et les gens intrépides étaient rarement des rapporteurs.

— Si tu me cafardes, le prévint-elle, je te poursuivrai. N'oublie pas, les toits ne me font pas peur.

Elle lui raconta toute l'histoire. Elle commença par le *Queen Mary*, puis lui parla de miss Eliot et de Charles, de son violoncelle, et termina par Paris et ses conduits de cheminée.

– Et j'ai le sentiment, conclut-elle, d'être déjà venue ici.

– À Paris ?

– À Paris *et* sur les toits. Mais je ne m'en sors pas. Charles fait ce qu'il peut, mais il est tout seul. Il n'y a personne d'autre pour m'aider.

– C'est une requête ?

Elle examina le garçon. Il lui sembla qu'il avait enfilé deux shorts l'un sur l'autre. Le rouge, à l'extérieur, avait la moitié de la jambe gauche en moins, et le bleu se voyait au travers, donnant presque l'illusion qu'il n'y avait qu'un seul vêtement. Son pull-over était défraîchi, mais pas les traits de son visage. Ses traits étaient vifs et intelligents.

– Oui, répondit-elle. C'est une requête.

– Tu as un plan ?

– Bien entendu. Je vais fabriquer des avis de recherche. Et puis, il y a les avocats.

Matteo grogna.

– Ils ne t'aideront pas.

– Si, ils m'aideront ! Pourquoi dis-tu ça ?

– Tu en trouveras un, ça oui. Mais à mon avis, il n'osera pas se frotter au préfet de police. Tous les avocats de Paris sont corrompus, et la plupart des policiers aussi.

– Qu'est-ce que tu en sais ?

133

Sophie eut soudain le sentiment qu'un nuage noir venait d'obscurcir son cœur.

– Tu ne peux pas savoir ! Il faut bien que quelqu'un m'aide ! Il le *faut*. C'est terriblement important.

– Je passe mes journées à écouter les gens. Je vis au-dessus du Palais de Justice, alors je sais de quoi je parle.

– Mais on n'entend rien depuis un toit !

– Si, on entend beaucoup de choses. Là où je vis, j'entends même la moitié de la ville. C'est comme une soufflerie. J'entends toute la musique de Paris, et tous les chevaux, et aussi tous les crimes.

Sophie se figea.

– Tu entends toute la musique ?

– Oui. Bien sûr.

– Quelle musique entends-tu ?

– Toutes sortes de musique. Des femmes qui chantent, principalement. Et des hommes qui jouent de la guitare, et la fanfare des soldats.

– Tu as déjà entendu jouer du violoncelle ? Tu as déjà entendu le *Requiem* de Fauré ?

– Je ne saurais pas reconnaître un requiem, répondit Matteo. Qu'est-ce que c'est ? On dirait le nom d'une maladie.

– Je peux te le jouer.

Sophie se leva pour prendre son instrument. Puis elle hésita.

– Si je joue maintenant, cela va déranger les gens. Ils pourraient monter et te trouver.

134

– Dans ce cas, allons dehors. Je passe en premier, et tu me feras ensuite passer ton… violoncelle ? C'est ça ?

Une fois sur le toit, elle s'assit sur un conduit de cheminée et plaça son instrument entre ses jambes. Elle connaissait le *Requiem*, mais ne l'avait jamais joué en doublant le tempo.

– Ce ne sera pas parfait, d'accord ? Ce devait être quelque chose comme ça, je crois. Écoute attentivement, et dis-moi si tu as déjà entendu ce morceau.

Sophie buta sur le doigté mais retrouva dans son jeu un peu de la magie que M. Esteoule avait fait naître lors de sa démonstration. À la fin du morceau, Matteo haussa les épaules.

– C'est possible, lâcha-t-il.

– Qu'est-ce qui est possible ?

– Il est *possible* que j'aie déjà entendu cette musique. Il se tut un instant.

– Qu'est-ce que tu as dit ?

– Rien.

En fait, elle avait ajouté dans un murmure : « Ne jamais négliger une possibilité. » Mais elle ne l'avait dit que pour elle-même.

– Je ne suis pas très doué pour reconnaître la musique, reprit Matteo. Sauf celle des oiseaux. Il faudra que tu viennes et écoutes par toi-même.

– Vraiment ? Je peux venir ? Quand ?

Il haussa de nouveau les épaules.

– Quand tu veux. Je n'ai pas un emploi du temps très chargé.

– Demain ?

Il fit oui de la tête et dit :

– Je viendrai te chercher.

– À minuit ?

Il commença à pleuvoir. Matteo n'y prêta pas attention.

– *Non*. Il ne fait pas assez sombre à minuit. Disons deux heures et demie. Ne t'endors pas. Et couvre-toi bien. Il y a souvent du vent, sur les toits.

– Oui, bien sûr !

La pluie s'intensifia.

– Attends une seconde. L'eau, ce n'est pas bon pour le bois.

Sophie descendit son violoncelle dans sa chambre. Lorsqu'elle remonta, Matteo avait disparu.

De retour à l'intérieur, elle referma sa lucarne et se blottit dans le creux tiède de son lit, mais elle ne se rendormit pas avant l'aube. Elle resta là, à écouter la pluie battre contre la vitre. Son cœur doublait le tempo dans sa poitrine.

16

Si elle avait obéi à Charles en restant jour et nuit confinée dans sa chambre, Sophie serait tout simplement devenue folle. Elle tenta de se rassurer en se disant qu'elle n'enfreignait aucune règle. Elle n'avait pas ouvert sa porte à quiconque. Penser aux toits l'aida à garder son calme pendant la journée. Jusqu'au coucher du soleil, elle compta les heures.

À la tombée de la nuit, il se mit à faire froid. Sophie enfila ses deux paires de bas sous sa chemise de nuit. Comme elle manquait de vêtements chauds, elle noua ensemble deux taies d'oreiller pour se confectionner une écharpe. Celle-ci pendouillait et n'était pas vraiment confortable, mais c'était toujours mieux que rien. Ensuite, elle se glissa dans son lit, cala sa brosse à cheveux sous sa nuque afin de ne pas s'endormir, et attendit.

Quand les horloges sonnèrent deux heures et demie, Matteo arriva. Il frappa contre la lucarne, puis, d'impatience, lança des cailloux contre la vitre jusqu'à ce que Sophie monte le rejoindre.

– Me voilà, dit Sophie. *Bonsoir**.

– *Oui, bonsoir**.

Le garçon portait un sac à dos et avait troqué son short contre un pantalon qui avait l'air d'avoir traversé une bataille et de l'avoir perdue.

– Tu apprends le français ? demanda-t-il.

– Un peu, répondit-elle en rougissant. Ce n'est pas facile.

– Si, ça l'est. Je connais des chiens qui comprennent le français. Et même des pigeons.

– C'est différent.

– Comment ça ? En quoi c'est différent ?

– Eh bien, je ne suis pas un pigeon.

Une pensée la traversa.

– Il t'a fallu combien de temps pour apprendre l'anglais ? Est-ce que tous les Français le parlent comme toi ?

– *Je ne sais pas**. J'ai toujours su parler cette langue au moins un peu. C'est grâce à ce bar où vont les diplomates anglais. Il y a une cour. Je les entends discuter depuis mon toit. Et j'ai appris à la lire quand j'étais à...

Il s'interrompit.

– Quand tu étais où ?

– À l'orphelinat.

Il secoua soudain la tête comme si de l'eau bouchait ses oreilles, et changea de sujet.

– Au fait, j'ai besoin de savoir quelque chose. L'endroit où je vis se trouve sur l'un des immeubles les plus hauts de Paris. Tu n'as pas le vertige, au moins ?

– Non, je ne crois pas. Enfin, je suis ici, avec toi, non ?

– Ce n'est pas très haut, ici. Pas beaucoup plus que le trottoir. Je veux dire, tu te débrouilles sur les *vraies* hauteurs ?

– Je me débrouille pas mal, dit Sophie en baissant les yeux sur l'ardoise.

– Oh.

– Même plutôt bien.

– Alors tu ne peux pas venir. Plutôt bien, ce n'est pas suffisant. Désolé.

Il se retourna pour partir.

– Attends ! Je faisais la modeste !

– Mais tu as dit…

– Je me débrouille parfaitement bien, rectifia Sophie. Je me débrouille merveilleusement bien sur les hauteurs.

De toute évidence, Matteo n'était pas le genre de garçon qui comprenait la modestie, et il n'était pas question qu'elle reste sur le carreau.

– Merveilleusement bien, répéta-t-elle.

– Dans ce cas, tu ne devrais pas dire des choses que tu ne penses pas. Tu es prête ?

– Oui.

Il sembla sage à Sophie de passer à autre chose.

– Dans quel coin vis-tu ? Près d'ici ?

– Oui, mais pas dans cette rue. C'est trop pauvre, ici.

– Ah ? Si tu le dis.

Aux yeux de Sophie, cette rue était grandiose, avec ses hauts réverbères et ses élégantes façades.

– Mais qu'est-ce que ça change, de toute façon ?

Elle observa les vêtements de Matteo, et ses mèches de cheveux aux pointes tachées de boue.

– Je ne te croyais pas aussi snob.

– J'ai mes raisons, répondit-il d'un air hautain.

– Lesquelles, s'il te plaît ? Je suis curieuse.

– En principe, les immeubles des quartiers pauvres sont pentus. Les immeubles cossus, eux, sont plats pour la plupart. Les toits pentus et mal entretenus, ça ne va pas. Trop imprévisibles. L'ardoise peut casser sous le pied, on n'est jamais sûr de rien. Et puis ils sont trop bas. Je ne vais jamais dans les… euh, *banlieues*, là où il n'y a que des maisons – pas de bureaux, pas d'églises. Tout y est vraiment trop bas.

– Ah bon ? C'est toujours le cas ?

– Presque toujours. C'est un peu comme avec les gens : les immeubles des plus riches sont grands, ceux des pauvres sont rabougris.

– Et qu'est-ce que ça change ?

– À ton avis ?

Sophie balaya du regard l'étendue des toits.

– Sur les immeubles les plus bas, on peut te voir de la rue ? demanda-t-elle.

– Oui. Hormis ce problème, je peux aller presque partout. La nuit. Jamais le jour.

– Tu vas dans les parcs ?

C'est ce que je ferais, songea-t-elle, *si je pouvais*.

140

– Non. Bien sûr que non.

– Pourquoi ? Ce serait pourtant fabuleux d'avoir un parc pour toi tout seul. Et tu y trouverais probablement de la nourriture.

– Je ne touche jamais le sol. Je ne descendrais pour rien au monde. Personne ne peut t'attraper sur un toit.

Sophie cligna des yeux.

– Tu ne descends jamais ?

L'idée lui semblait inconcevable.

– Et si tu as besoin de traverser une rue ? Entre deux toits ?

– Je passe par les arbres. Ou par les réverbères.

– Tu ne traverses donc jamais… la rue, tout simplement ?

– Non.

– Pourquoi ?

– Trop dangereux.

– Oh…

Le ton de Matteo était de plus en plus cassant, mais Sophie ne put s'empêcher de donner son avis.

– Tu sais, la plupart des gens diraient que c'est plutôt ta façon de procéder qui est dangereuse.

– La plupart des gens sont stupides. C'est facile de se faire attraper une fois au sol. Tout le monde se fait attraper.

– Attraper ?

Elle essaya de déchiffrer son visage dans l'obscurité. Il lui parut grave.

– Est-ce que quelqu'un te cherche ?

À cette question, Matteo fit la sourde oreille.

– Bon, tu veux voir où j'habite, oui ou non ? s'impatienta-t-il.

– Oui ! On y va tout de suite ?

– Et comment !

Puis, sans même se retourner pour s'assurer que Sophie lui emboîtait le pas, il se mit en route.

Immobile, Matteo était d'une apparence plutôt inhabituelle. En mouvement, il était phénoménal. Il semblait fait de caoutchouc. Il courait le dos voûté, en se servant de ses mains comme de pieds supplémentaires. Elle le suivit aussi silencieusement et aussi vite que possible, trébuchant à maintes reprises sur l'ardoise rugueuse et semant sur son passage quelques pelures de genoux.

Le garçon courut ainsi pendant dix minutes. Il faisait l'équilibriste sur les sommets des toits en pente, piquait un sprint sur les surfaces planes, sautait par-dessus le vide. À deux reprises, alors que les immeubles étaient de plus en plus hauts, il lui montra comment escalader une gouttière pour atteindre le toit suivant.

– L'important, quand on grimpe, expliqua-t-il, les jambes serrées autour de l'une d'elles, c'est d'éviter de passer un pied à travers une fenêtre au moment où on se projette vers le haut. Ce genre de choses vous fait repérer illico.

Sophie s'attaqua à sa première gouttière sans un mot. Ses ongles en raclèrent atrocement le métal, mais sinon, ce n'était pas si différent d'un arbre. Quand elle atterrit d'un pied ferme sur l'ardoise à côté de Matteo, celui-ci approuva d'un signe de tête. Il esquissa presque un sourire.

– Pas mal, dit-il. La prochaine fois, rentre les genoux. Ça permet une meilleure prise. Mais c'était bien. Dans l'ensemble.

Sophie rougit de satisfaction. Le garçon reprit sa course. Sous leurs pieds, Paris dormait.

Ils approchaient à présent d'une zone pleine de grands immeubles majestueux. À mesure que les toits devenaient plus longs et plus larges, Matteo accélérait. À un moment, sur la toiture alambiquée de ce qui devait être une sorte de chapelle, Sophie vacilla et son estomac se retourna. Elle se cramponna à la croix pour ne pas tomber, puis s'arrêta le temps de reprendre son souffle.

Un vent violent s'était levé et, de l'autre côté de la rue, une silhouette féminine se balançait en faisant le cochon pendu sur un réverbère.

Sophie ne put la manquer. Mais le temps qu'elle repousse les mèches folles qui s'agitaient devant ses yeux, la fille avait disparu.

Il fallut à Sophie quelques minutes pour rattraper Matteo.

– Matteo ! Tu l'as vue ? La fille ? C'était qui ?

– Je n'ai rien vu. Ce n'était sûrement rien du tout. Un sac en plastique.

– C'était bien plus grand qu'un sac en plastique. C'était une fille !

– Un cerf-volant cassé, peut-être. Ou une taie d'oreiller. Allez, viens.

Sans attendre, il fit craquer ses doigts, puis se remit à courir.

Il ne s'arrêta de nouveau qu'après dix minutes. Ils n'étaient qu'à un saut d'un toit élevé de forme arrondie, qui miroitait, verdâtre, sous le clair de lune.

– Reste là, dit Matteo.

Sur ces mots, il s'élança, puis, une fois de l'autre côté, il se pencha en avant et donna un petit coup sec sur le toit, qui résonna.

– C'est du cuivre. Enlève tes chaussures avant de sauter. Et essaie d'atterrir le plus doucement possible.

Sophie ôta ses souliers.

– Qu'est-ce que j'en fais ?

– Lance-les-moi. *Argh*, je déteste le cuivre.

Sophie s'exécuta. Dieu merci, Charles lui avait appris à lancer.

– C'est ce qu'il y a de pire ? demanda-t-elle. Le cuivre ?

– *Non*. Le pire, ce sont les tuiles en pierre ; les vieilles tuiles, celles d'autrefois. Elles sont plus silencieuses que le cuivre, mais elles peuvent à tout moment… comment dire… basculer ?

– Tu veux dire se déloger ?

Sophie retint sa respiration et examina l'espace vide devant elle. Il n'était pas plus long que son bras, et pourtant elle tremblait à l'idée de le franchir. Elle sauta, atterrit maladroitement, mais se releva d'un bond.

– Peut-être. Oui, se déloger. Et le mieux, ce sont les toits plats.

Matteo lui tendit ses chaussures.

– Toutes les surfaces qui ont de grandes dalles, on ne risque rien. En pierre, en ardoise ou en métal.

– Comme sur mon hôtel, l'hôtel Bost ?

– Exactement. Et sur la plupart des immeubles de l'État. Les hôpitaux et les prisons, tu sais. Les théâtres aussi, c'est bien. Et certaines cathédrales. Mais tout ce qui a quatre étages ou moins est trop bas pour qu'on puisse dormir dessus. Si tu t'approches trop près du bord, on peut te voir de la rue. Attends, ne remets pas tes chaussures. Attache-les autour de ta taille.

– D'accord.

Sophie noua donc ses lacets comme indiqué, prenant soin de disposer les souliers de part et d'autre de ses hanches.

– Mais pourquoi ?

– Tu auras besoin de tes orteils ici, expliqua Matteo. De toute façon, tu ne devrais jamais porter de chaussures.

– Mais tu ne…

– Les gens pensent que les orteils ne servent à rien. C'est parce qu'ils sont stupides.

– Mais tes pieds ne deviennent pas…

Le garçon prit brusquement une expression de directeur d'école qu'elle trouva très agaçante.

– Tu crois toi aussi que les orteils ne sont bons qu'à ramasser la saleté, hein ?

145

– Pas exactement, mais…

– Mais rien. Les orteils, c'est une question de vie ou de mort. On en a besoin pour l'équilibre. Je me les suis tous cassés au moins deux fois. Regarde.

Matteo leva un pied. Tout noir. Sa plante était entièrement recouverte de callosités. Pas un centimètre de peau souple n'était visible. Il tapa du doigt dessus.

– Tu entends ? dit-il. C'est comme de l'étain. On pourrait jouer de la musique sur mes pieds.

– Mais tu n'as pas froid, en hiver ? demanda Sophie.

– Si.

– Oh.

Elle attendit qu'il développe, ce qu'il ne fit pas.

– Dans ce cas, tu pourrais porter des chaussures, au moins quand tu es sur ton propre toit ? Je pourrais te donner les miennes, si tu veux. J'en ai deux paires.

– Non, merci.

– Elles ne font pas fille.

Sophie leva les souliers qui pendaient sur ses flancs.

– Elles sont comme celles-ci ; des bottines de garçon. Charles me les a offertes. Tu chausses du combien ?

– On ne doit pas porter de chaussures sur les toits. On peut avoir besoin de courir à tout moment.

– Et quand il *neige* ?

– En hiver, pour me tenir chaud, j'enduis mes chevilles et mes mollets de graisse d'oie et je mets des bandages, avec des plumes entre les couches. Ça revient presque à porter des chaussures, sauf que ça laisse les orteils libres.

– Oh. Et ça marche ?

– Non. Mais presque.

– Pourquoi de la graisse d'oie ?

Il haussa les épaules.

– Le gras tient chaud. La graisse d'oie, c'est ce qu'il y a de mieux, mais on peut aussi utiliser celle des pigeons, si on n'a que ça. Les moineaux ne sont pas assez gras. Pareil pour les écureuils. Il faut vraiment quelque chose de graisseux.

La bouche de Sophie forma un *berk* tout à fait incontrôlable. Matteo le remarqua et fronça les sourcils.

– Je n'ai jamais dit que c'était agréable, mais ça aide. Allez, on repart. Tu es prête ?

Sophie vérifia que les lacets autour de sa taille étaient solidement attachés.

– Matteo, demanda-t-elle, où as-tu appris toutes ces choses ?

– La plupart, par hasard. Avec l'expérience.

Il souleva sa chemise. Une cicatrice violacée courait de son nombril à sa cage thoracique.

– Une tentative loupée.

– Mince, alors ! Comment tu t'es fait ça ?

– En tombant. Sur une girouette. Et ça, ajouta-t-il en désignant un bleu encore tout frais sur son épaule, c'est quand j'ai heurté un conduit de cheminée.

– Ça fait mal ?

– Bien sûr, répondit-il d'un air blasé. On saigne davantage que la plupart des gens. Mais ce n'est pas la fin du monde.

147

– Oh.

Puis Sophie ajouta :

– Matteo ?

– Quoi ?

– C'est qui, *on* ?

L'expression du garçon se transforma de façon si sou-
daine que Sophie eut un mouvement de recul.

– Moi, répondit-il. Je parlais de moi.

Il reprit la route. À présent, quand il arrivait devant
un espace à franchir entre deux bâtiments, il sautait
directement, sans attendre Sophie ni regarder derrière
lui. Elle, en revanche, devait s'arrêter pour reprendre
courage. Au sol, ces sauts auraient été un jeu d'enfant,
mais à une telle hauteur, ils lui demandaient une forte
dose de sang-froid. Elle se retrouva rapidement avec un
toit de retard sur Matteo.

– On ne pourrait pas ralentir, s'il te plaît ? Juste un peu ?

– *Non*, dit le garçon, écartant une mèche de ses yeux
pour foudroyer Sophie du regard. Après quoi il accéléra.

Au bout d'une demi-heure, quand il se retourna enfin
vers elle, il semblait avoir recouvré sa bonne humeur.

– C'est le dernier, dit-il. Le prochain immeuble est
le bon.

À ce stade, Sophie avait l'impression d'avoir fait ça
toute sa vie.

– On saute alors ?

Elle rejeta ses cheveux en arrière et s'apprêta à bondir.

– Non ! Stop ! Sophie ! Arrête !

– Quoi ? Qu'est-ce qu'il y a ?

– Tu ne peux pas sauter sur ce toit. Il est… C'est une ruine.

– Comment ça ?

– Le parapet est en trop mauvais état. Les tuiles casseraient net.

– Oh, bonté divine.

Sophie examina le vide devant elle. L'espace à franchir n'était pas très large, certes, mais la chute jusqu'au sol, elle, promettait d'être longue.

– Je sais ! s'écria Matteo. C'est génial, non ? C'est pour ça que j'ai choisi cet endroit : personne ne peut me suivre, à moins d'être au courant. Si quelqu'un saute sans connaître les risques, il meurt, je crois.

– Tu te rends compte que ce n'est pas très rassurant ?

Il faisait sombre, mais elle crut voir un sourire se dessiner sur le visage du garçon.

– Je m'en fiche un peu, de ne pas être rassurant.

Sophie prit soudain conscience qu'elle retenait sa respiration. Elle inspira une bouffée d'air. C'était fou comme l'oxygène pouvait aider en matière de courage.

– Comment fait-on pour traverser, alors ? demanda-t-elle.

– Facile. On fait un pas en avant.

Sauter était une chose. On s'élançait, on était essouflé et puis on s'illuminait de l'intérieur. Avancer doucement vers le vide en était une autre. Sophie tenta de l'imaginer.

– Je ne peux pas. Je vais devoir sauter, dit-elle.

La terreur lui nouait la gorge. Elle avait un goût aigre.

– C'est trop large pour passer par-dessus en marchant.

– Non, pas pour toi. Tes jambes sont longues comme des tuyaux de gouttière.

– Pas du tout !

– C'était un compliment ! Tu es née pour grimper sur les toits. Et, de toute façon, les jambes sont bien plus élastiques qu'on ne le croit.

– Je ne sais pas si j'en serai capable, c'est tout.

– Tu as dit que tu te débrouillais bien sur les hauteurs.

– C'est le cas !

Quel culot, pensa Sophie.

– On a parcouru des kilomètres ! Je suis couverte de sang et de suie et je n'ai pas fait la moindre pause.

– Et alors ? Ça ne compte pas si tu ne vas pas jusqu'au bout.

À ce moment-là, il posa une main sur l'épaule de la jeune fille. Sophie bondit en arrière.

– Tu n'as pas intérêt à me pousser ! cria-t-elle.

Matteo était un garçon imprévisible. Pour la première fois, elle se fit la réflexion que les toits et les gens imprévisibles formaient un mélange dangereux

– Je n'avais pas l'intention de te pousser ! siffla-t-il. Et parle moins fort.

– Désolée. Je suis désolée.

Elle jeta un coup d'œil dans le vide.

– D'accord. Explique-moi ce que je dois faire. Mais ça ne veut pas dire que je vais le faire.

– Bien. Tout d'abord, tu fermes les yeux, expliqua Matteo.

– Matteo. On est sur un *toit* !

– Ferme les yeux. Si tu les gardes ouverts, tu vas regarder en bas, et si tu regardes en bas, tu vas tomber.

– Oh.

Sophie ferma les yeux.

– Ah.

– Je vais te guider jusqu'au bord. Tu as les yeux fermés ?

– Oui.

En réalité, Sophie avait simplement les paupières mi-closes. Elle pouvait voir ses pieds nus qui s'approchaient du vide.

– Non, tu mens, comprit Matteo. Ferme-les complètement. Ce sera plus facile. Je te le promets. Je te tiens par ta chemise de nuit, tu ne peux pas tomber. Et maintenant, tu fais un pas en avant.

– Un pas grand comment ?

– À peu près de la longueur d'un cochon.

De la longueur d'un cochon. Elle allait mourir parce qu'elle n'avait jamais examiné attentivement un cochon.

– Ça ira. Tu ne crains rien.

Matteo était d'un sérieux inhabituel.

– Garde les yeux fermés.

Sophie étendit une jambe dans le vide.

– Ils sont fermés, dit-elle.

Cette fois-ci, elle ne mentait pas. Elle se cramponnait au bras de Matteo, et sa jambe flottait dans l'air. Elle la balança, mais son pied ne touchait toujours rien.

151

Sophie ramena donc brusquement sa jambe en arrière et s'écarta du bord.

– C'est plus large qu'un cochon, Matteo !

– J'ai dit la *longueur* d'un cochon. Les cochons sont très longs. Je te tiens. Essaie encore. Plus loin ! Oui !

Sophie faisait presque le grand écart quand son pied entra enfin en contact avec l'autre côté.

– Et maintenant ?

Elle essaya de ne pas trahir son affolement, mais son poids s'était déplacé vers ses genoux, trop loin vers l'avant pour qu'elle puisse ramener son pied à sa place. Elle craignit que tout son corps ne se disloque dans les airs, offrant à quiconque passerait dans la minuscule ruelle au-dessous le spectacle de sa culotte sous sa chemise de nuit retroussée. *Voilà pourquoi tout le monde devrait porter des pantalons*, songea-t-elle. *Pour* cette *raison*.

– Maintenant, tu me lâches, dit Matteo. Et…

– Quoi ? Non ! Ne me…

– Juste une seconde…

Le garçon s'était déjà détaché d'elle.

– … et j'avance…

Elle entendit un très léger bruit. Un écureuil aurait été moins discret.

– … et tu me donnes la main.

Sophie s'exécuta en rougissant. Sa main était moite et glissante.

– Et je te tire en avant, continua Matteo.

Il fit alors preuve d'une force surprenante, et elle

se retrouva tout entière – épaules, bras et genoux – de l'autre côté du vide.

– Et maintenant, dit-il, tu te lèves. Et tu t'essuies les mains.

Il se fendit d'un grand sourire.

– Tu pourrais arroser des plantes avec. Viens. On est presque arrivés.

– Mais tu as dit que c'était le dernier ! Tu as dit que c'était terminé.

– Oui. J'ai menti.

17

Matteo rajusta son sac à dos et entraîna Sophie à sa suite.

– Quand la lune sortira, on y verra mieux.

Il pointa le doigt au loin en bombant le torse.

– Tu vois ce toit là-bas ? C'est l'endroit où je vis.

– C'est charmant, répondit Sophie par pure politesse.

Elle avait en effet toujours les yeux fermés, mais c'était ce que vous étiez censé dire quand les gens vous faisaient visiter leur maison.

– Charmant ? C'est tout ?

– Désolée.

Ce ne fut qu'une fois qu'elle eut recouvré son souffle, et par la même occasion son courage, que Sophie se décida à jeter un œil. Puis les deux.

– C'est *là* que tu vis ?

C'était magnifique. Le toit de Matteo était à une hauteur aussi vertigineuse que celui sur lequel ils se trouvaient, mais l'immeuble était en grès et brillait d'une lumière dorée sous le clair de lune. Des statues de femmes et de guerriers ornaient les façades. C'était le genre de bâtiment où on trouvait des chandeliers, et des hommes capables de changer le monde en un claquement de doigts. Au sommet flottait un drapeau français, fixé à un mât argenté rutilant.

– C'est le Palais de Justice, dit Matteo. Le bâtiment le plus important de Paris.

– Tu parles comme un agent immobilier.

– Mais c'est *vrai* !

Il avait l'air furieux.

– C'est le plus beau bâtiment d'Europe. C'est écrit dans les guides.

– Et comment fait-on pour y aller ?

Un grand vide, infranchissable, les séparait en effet de l'immeuble où vivait Matteo. Et aucun arbre n'atteignait cette hauteur.

– Si j'étais seul, répondit le garçon, je passerais par-derrière, j'escaladerais le chêne, et ensuite la gouttière.

Il ôta son sac à dos.

– Mais sauter de l'arbre à la gouttière, ça demande de l'entraînement. Regarde un peu.

Il remonta sa manche. Une cicatrice courait de son poignet à l'os de son coude.

– Le genre d'entraînement qui fait mal.

Il ouvrit son sac.

– J'ai apporté ça, à la place.

– Une corde ?

Sophie examina l'épais rouleau que Matteo tenait dans la main. Long, et sûrement très lourd. Le garçon devait être plus fort qu'il n'y paraissait.

– À quoi sert le crochet qu'il y a au bout ?

– Tu vas voir.

– Est-ce qu'on va grimper ? C'est pour ça, la corde ?

Sophie tenta de faire taire la peur qui envahissait sa poitrine. Elle devait admettre – à contrecœur – que Matteo était quelqu'un de hors norme, sans doute tombé dans une marmite de courage à la naissance.

– J'ai dit, tu vas voir.

Il avança jusqu'à l'extrémité du toit et replia ses orteils contre le bord. Sophie sentit son estomac se contracter en signe de protestation, mais le garçon affichait une parfaite décontraction, comme s'il avait été au bord d'un banal trottoir.

– Reste en arrière, dit-il.

Il fit tournoyer la corde au-dessus de sa tête, cracha dans le vide, puis l'envoya voler dans les airs. Elle s'accrocha en haut de la gouttière de l'immeuble d'en face.

Matteo tira un coup sec. Son visage révélait une grande concentration – Charles avait la même expression lorsqu'il écoutait de la musique.

– Ça devrait aller, dit-il.

Il tira plus fort sur la corde pour la tendre, puis attacha l'extrémité qu'il avait dans la main à un crochet planté dans le mur. Il cracha sur le nœud pour se porter chance.

– Et maintenant, on traverse, annonça-t-il.

Sophie le dévisagea d'un air incrédule.

– Tu plaisantes ? dit-elle.

– Tu voulais voir où je vis. C'est de cette façon qu'on y accède. C'est facile !

– Mais c'est une *ficelle* ! Un morceau de ficelle entre le ciel et le trottoir. Une *ficelle*, Matteo.

– Une corde.

De là où elle se trouvait, cela ressemblait vraiment à une ficelle. Matteo lui demandait l'impossible.

Le garçon, dans l'obscurité, grimaçait d'exaspération.

– Si tu veux, tu peux essayer de sauter de l'arbre à la gouttière, mais ce serait stupide. Cette méthode est plus sûre.

– Une corde raide.

La corde était presque invisible devant elle : tout juste une traînée de gris dans l'obscurité.

– Ta méthode la plus sûre est une *corde raide*.

Matteo lui lança un regard glacial.

– Si tu ne le fais pas, je ne t'aiderai pas. Les trouillards ne méritent pas qu'on les aide.

– Ne me traite pas de trouillarde. Je ne suis pas une trouillarde.

– Oui, je sais.

– Quoi ?

Le garçon haussa les épaules, comme pour s'excuser

– Je ne crois pas réellement que tu sois une trouillarde.

– Alors ne le dis pas, ne le dis plus jamais.

– Écoute, c'est facile. Je vais te montrer.

Matteo cracha de nouveau, et se moucha en pressant son pouce contre son nez. Il monta sur la corde.

Pendant une seconde, il hésita, vacilla, puis avança, un pied après l'autre, jusqu'à mi-parcours. Les bras tendus. *Comme des ailes*, pensa Sophie. Le haut de son corps se balançait au rythme du vent. Il semblait flotter dans les airs comme par magie. La brise froissait ses vêtements et faisait danser les pointes de ses cheveux.

C'était le spectacle le plus inattendu auquel elle ait jamais assisté. Elle en eut le souffle coupé.

Puis, très lentement, Matteo se retourna – Sophie sentit sa gorge se serrer, mais à aucun moment il ne tangua – et se dirigea vers elle.

– Tu viens ? dit-il, la main tendue.

Sophie se rendit compte avec stupéfaction qu'il n'était même plus question de tergiverser. Peut-être parce qu'elle était éblouie par tant de beauté. Peut-être parce qu'on a tous besoin, de temps en temps, de se montrer téméraire, de faire quelque chose de stupide et d'inconsidéré.

– Oui, dit-elle. Je viens.

Elle avança à son tour jusqu'au bord du toit. C'était facile. Elle replia ses orteils sur le parapet, et regarda en bas. Ce n'était pas si facile. Elle avait les mains moites. *Calme-toi*, se dit-elle.

– Doucement, lui conseilla Matteo. Tu commences doucement. Tu peux poser un pied sur la corde ?

Sophie sentit la corde râpeuse et souple sous son pied nu.

– Oh, *mon cœur*, Matteo !

Une tornade faisait rage dans sa poitrine.

– Donne-moi tes deux mains. Je m'occupe de l'équilibre pour deux, d'accord ?

– Oui, dit Sophie. Oui.

– L'autre pied.

Le pied droit de Sophie quitta la terre ferme. Elle fit un pas dans les airs.

– Oh, souffla-t-elle. Je crois que tu es fou. Que nous sommes deux fous. Oh, mon Dieu.

– C'est bien, dit Matteo.

Elle chancela, et il la stabilisa.

– C'est bien d'être fou. Ne regarde pas en bas.

– Mais je dois voir où je pose les pieds, non ? cria-t-elle d'une voix anormalement stridente.

– Tu te tiens à moi, à mes épaules. Je vais avancer à reculons. Je m'occupe de l'équilibre, d'accord ? Toi, tu ne regardes pas en bas. Tu sens la corde sous tes pieds ?

– Oui, dit Sophie, dont les ongles s'enfonçaient dans la peau de Matteo. Oui.

– Maintenant, recommanda le garçon, le pied gauche. Bien. Accroche-toi avec tes orteils. Pied gauche. Arrête-toi. Ne regarde *pas* en bas. Lève les yeux. Regarde mon crâne. Tu sens qu'on est en équilibre ?

La corde rêche chatouillait les pieds de Sophie.

– Je crois. Oui. Peut-être.

– Bien.

Matteo lui parut soudain effroyablement malingre et léger. Elle se dit que sa clavicule devait être creuse, comme celle d'un oiseau.

– Continue de respirer. Avance.

Une fois à mi-chemin, il ralentit puis s'arrêta de nouveau.

– Pourquoi tu t'arrêtes ? demanda Sophie.

Elle tenta de contrôler sa voix, que la peur rendait rocailleuse.

– Je crois que j'aimerais mieux ne pas rester ici.

– C'est pour que tu admires la vue. Regarde, Sophie ! Pas en bas – autour de toi. Paris tout entière est là !

Sophie regarda, et retint son souffle. La ville se déployait sous ses pieds, immense. Paris était plus ténébreuse que Londres : seules des lueurs clignotantes et vacillantes l'éclairaient. C'était beau comme un œuf de Fabergé[1]. Magique comme un voyage en tapis volant.

– Tu vois ? La plus belle ville du monde ! s'écria Matteo. Ici, on se sent un roi, plus que n'importe où ailleurs.

C'était mieux qu'être roi. Les rois, pensa Sophie, devaient avoir des bleus plein les doigts à cause des centaines de mains qu'ils serraient chaque jour. À ce moment précis, elle se sentait plutôt guerrière, nymphe, ou encore oiseau.

Au loin, près du fleuve, il lui sembla distinguer l'hôtel Bost, et même la lucarne de sa chambre.

– Je me demande si je n'ai pas laissé ma bougie allumée, dit-elle. Je crois l'apercevoir.

Matteo ne prêta pas attention à ses paroles. Son visage était plus pâle que d'habitude, ses yeux plus

---

1. Objets précieux en forme d'œuf créés par le joailler Pierre-Karl Fabergé à la fin du XIXe siècle.

brillants. Il paraissait davantage à l'écoute de la corde que de Sophie.

– Si on donnait à manger aux oiseaux ? proposa-t-il.

– D'accord.

Soudain, une rafale de vent tira sur sa chemise de nuit, et Sophie changea d'avis.

– Ou bien, non. Non, en fait, je crois que j'aimerais mieux continuer. S'il te plaît !

– Pas question ! Nourrir les oiseaux en plein ciel ! C'est une chose que même un roi ne peut pas faire.

– Mais il est minuit passé. Les oiseaux…

La corde vacilla, et un liquide amer remonta dans la gorge de Sophie.

– Les oiseaux doivent dormir.

– Ils font juste un petit somme. Ils se réveilleront si je les appelle. Encore deux minutes, Sophie. Je te tiens. Tu ne peux pas tomber puisque je te tiens.

– Vite, alors.

– Il faut que tu me lâches une main. J'ai des graines dans ma poche, je vais les mettre dans ta paume. Ça te va ? Je me charge de l'équilibre, Sophie. Garde juste les jambes bien droites. *Non, ne regarde pas en bas.*

Sophie tendit la main pour recevoir les graines en s'efforçant de ne pas baisser les yeux. Elle échoua. L'univers tout entier fit un piqué vertigineux, la moitié des graines glissant entre ses doigts moites. Ses genoux furent saisis d'un spasme et la corde trembla.

– Matteo ! Aide-moi.

Matteo, de son côté, paraissait plus serein que jamais.

161

– Calme-toi, dit-il.

Il la tint plus fermement et rétablit leur équilibre.

– Tu paniques ?

– Non, mentit Sophie.

– Si tu commences à tomber, je te rattraperai. Tu comprends ? Oui ? Je ne suis jamais tombé d'une corde raide. Du moins, pas loin. Enfin, pas *très* loin. Respire, s'il te plaît.

– Je respire ! Arrête de me dire de respirer !

La corde lui lacérait les plantes de pied.

– Je respire !

– Encore une petite minute, insista Matteo. Écarte les genoux. Bien. Je vais appeler les oiseaux.

– Matteo, je crois que je veux descendre.

Sophie essayait de ne pas penser à une chute de deux cents mètres. En vain.

– S'il te plaît, continuons à avancer, qu'on en finisse.

– Non. Juste une minute.

Matteo siffla : une gamme de trois notes, montant dans les aigus. Le son, clair et net, retentit dans la nuit silencieuse à des kilomètres. Il perça la bulle de panique dans laquelle Sophie était enfermée. C'était comme le bruit de la pluie qui approche.

– Tu sais siffler ? demanda-t-il.

– Oui.

Une rafale de vent les fit brusquement de nouveau osciller. Sophie ferma les yeux.

– Dans ce cas, fais la même chose.

Elle replia fortement les orteils autour de la corde.

Puis siffla. Qu'elle siffle ou joue du violoncelle, l'effet était le même : le monde entier s'effaçait autour d'elle.

– C'est bien, fit remarquer Matteo sur le ton de la surprise. C'est même *très bien**. Tu m'avais caché ce talent.

– Merci.

Elle siffla encore. C'était apaisant. Elle essaya de faire vibrer sa gorge à la manière des rossignols.

– Ouvre les yeux, dit Matteo.

Il affichait à présent un grand sourire. Elle ne l'avait jamais vu sourire de la sorte.

– Lève-les, ajouta-t-il.

Sophie s'exécuta. Trois oiseaux décrivaient des cercles au-dessus de la tête du garçon.

– Tu vois ? Ils me connaissent. Maintenant, tends-leur tes graines. Plus haut que ça. Plus haut que les épaules, sinon ils essaieront de monter sur ton bras et sur ton crâne.

Un oiseau se posa sur la main de Sophie, suivi d'un second.

– Oh ! souffla-t-elle.

Ils pesaient lourd au bout de son bras, lui procurant la plus étrange et la plus exquise des sensations. Leurs serres lui pinçaient la peau.

– Bonjour, murmura-t-elle. Bonsoir.

La corde tangua sous ses pieds quand le second oiseau se déplaça jusqu'à son poignet.

Matteo rétablit l'équilibre. Son visage avait beau être maculé de boue, il irradiait d'une absolue concentration.

– Ils t'aiment bien, dit-il. Regarde !

Elle regarda. L'un des pigeons montait à présent le long de son avant-bras en direction de son épaule, tout en battant des ailes. C'était comme s'il testait la force de Sophie.

– Restez, s'il vous plaît, murmura-t-elle aux oiseaux.

Ils semblaient d'accord.

– Ne partez pas. Restez.

Le plus gros des deux picora les graines – qui devaient avoir un goût de sueur à présent, pensa-t-elle – dans les sillons de sa paume.

Matteo siffla de nouveau, et un autre oiseau descendit en décrivant des cercles, pour atterrir sur la tête de Sophie. Puis une colombe aux yeux rouges se posa sur l'épaule du garçon et lui donna des coups de bec sur la nuque.

– Je connais celui-là, dit-il. Il s'appelle Élisabeth.

– Il ?

– Il est âgé. Je l'ai rencontré quand j'étais tout petit. Je ne savais pas distinguer le sexe des oiseaux à l'époque. Je croyais que c'était une fille.

– Il est magnifique.

– Oui, je sais. Je ne pensais pas qu'il viendrait. Il n'aime pas les étrangers d'habitude.

Élisabeth quitta bientôt Matteo et se dirigea vers Sophie en battant des ailes. L'oiseau la regarda dans les yeux et dodelina de la tête.

– C'est comme s'il te connaissait, dit Matteo.

– Oui, peut-être !

– Pourtant, c'est impossible, non ? Quel idiot, cet Élisabeth.

Élisabeth donna des petits coups d'ailes contre la joue de Sophie, sans s'éloigner pour autant. Être acceptée par les oiseaux ! Flotter au milieu du ciel ! Elle avait du mal à y croire.

– Matteo ! C'est trop bon !

Les mots lui manquaient.

– C'est comme la musique.

La ville, songea Sophie, était différente de ce qu'elle avait imaginé.

– Paris est plus douce qu'on ne le croit, murmura-t-elle.

Une mésange bleue se posa alors à son tour sur sa main. Comme un bijou. Une mésange bleue valait mieux qu'une bague. L'oiseau lui prodigua des coups de bec sur le lobe de l'oreille.

– Paris est plus folle qu'on ne le croit.

18

Au bout d'une demi-heure, Sophie accepta enfin de reprendre le chemin de l'immeuble d'en face, sous la conduite de Matteo. Seule la menace du soleil levant la fit céder. Dès que le garçon, qui avançait toujours à reculons, posa les pieds sur le toit et la tira à lui, Sophie sentit ses jambes se dérober sous elle. Elle fit trois pas chancelants vers le centre du bâtiment et s'écroula.

— Ça va ? s'inquiéta Matteo. Tu as besoin d'aide ?

— Non, *moi*, ça va. Mes jambes, par contre…

Elle tapota son mollet, qui se contracta dans un spasme.

— Tout devrait revenir à la normale dans quelques secondes. Je vais m'asseoir ici un moment, si ça ne te gêne pas.

— Ton visage a pris une drôle de couleur. Tu veux faire un petit somme ? J'ai une couverture. Enfin, c'est plutôt un sac, mais…

— Non, je n'arriverai pas à dormir. Je veux juste rester assise un moment.

— D'accord. Dans ce cas, je vais allumer un feu.

– Où ça ? Ici ?

– Bien sûr que non ! Ne sois pas stupide. Il faut le faire près d'une cheminée, pour ne pas attirer les soupçons. Reste ici. Ne bouge surtout pas.

Au bout de quelques minutes, Sophie retrouva l'usage de ses jambes et put se lever pour explorer les lieux. Le toit s'étendait telle une grande place déserte et présentait une surface en ardoise bien lisse. Elle tapa du pied. Elle semblait de nouveau pouvoir marcher. Une colonne de fumée s'élevait devant elle. Sophie s'en approcha, en boitant tout de même un peu.

Matteo, accroupi derrière la cheminée, jetait des morceaux de bois – les restes d'une chaise, vraisemblablement – dans un feu. Il portait un grand sac sur l'épaule.

– Matteo ! s'écria Sophie, les yeux écarquillés. C'est à toi, tout ça ?

Elle était impressionnée, mais espéra qu'il ne s'en rendrait pas compte dans l'obscurité.

– Évidemment. À qui d'autre ?

Aux pieds du garçon se trouvait un tas de flèches rassemblées en fagot. Il y avait également, soigneusement rangés contre la cheminée, des pommes, une casserole en étain, une bouilloire, quelques cuillères en bois grossièrement taillées et des bocaux en verre remplis de noix. Et puis deux sacs. Sophie jeta un coup d'œil à l'intérieur. L'un était rempli de feuilles, l'autre d'os.

– Ici. Assieds-toi, dit Matteo en lui tendant un coussin.

– Tu l'as fait toi-même ?

Il était en toile de jute, mais elle le trouva moelleux et épais.

– Bien sûr.

– Avec quoi ?

Sophie le malaxa. Charles et elle n'avaient rien d'aussi moelleux chez eux.

– Avec quoi est-il rembourré ?

– C'est du, euh… machin de pigeon. Je ne me souviens plus du mot.

– Du duvet ?

– Non, pas du duvet. L'autre partie. Ce qui est blanc et moelleux et qu'on trouve sous les plumes du pigeon, tu sais ? Mais j'utilise aussi les plumes extérieures, bien sûr. J'utilise tout. Même les os.

– Et tu les laisses partir une fois que tu as pris leurs plumes ?

– Les laisser partir ? Bien sûr que non. Je veux dire… Ils sont morts. Je ne plume pas des pigeons vivants. Ce serait très difficile et très perturbant pour eux.

– Alors tu les manges ?

– Oui. Je les cuis et je les mange.

Il sortit un couteau et le lui tendit.

– En utilisant ça. Et parfois, quand il pleut et que j'ai trop faim, je saute l'étape de la cuisson.

– Tu manges aussi les os ?

– Je les fais bouillir pour faire de la soupe.

– Et c'est bon ?

– Non. C'est dégoûtant. Ça ressemble à de la colle. Mais c'est mieux que rien.

– Et les plumes extérieures ? Tu en fais quoi ?

Matteo était un personnage si singulier qu'elle n'aurait pas été surprise d'apprendre qu'il les portait en cape, voire même qu'il les cousait ensemble pour se confectionner des ailes.

– Regarde. Ça. Là. Non, *là*.

Plus loin sur le toit, un drap était tendu à l'horizontale entre deux cheminées. Sophie courut voir ça de plus près. Le drap était constitué de couches successives de plumes cousues entre elles. Le résultat était bizarrement gras, mais magnifique. En dessous se trouvait un lit de sacs. Elle palpa le matelas. Il était aussi moelleux que le coussin.

– Les plumes sont étanches, expliqua Matteo, qu'elle n'avait pas entendu arriver derrière elle. Cela me fait une sorte de tente. Et puis c'est gratuit.

Cela ne doit pas lui permettre d'être au chaud, se dit Sophie, *ni le protéger correctement du vent*.

– Matteo, comment fais-tu en hiver ? Pour ne pas mourir de froid ?

– Je ne fais rien, répondit-il en haussant les épaules. On finit par s'habituer. Mais pas par aimer ça.

– Tu ne pourrais pas aller à l'orphelinat ? Juste pour quelques mois ?

– Non.

– Mais…

– Je l'ai fait, une fois. Il y avait eu une bagarre, sur un toit du nord de la ville. J'avais reçu un coup de couteau. Une sale entaille. Ça s'était infecté.

Tout en parlant, il glissa sa main droite sous son aisselle gauche.

– Je n'avais pas le choix.

Matteo tisonna le feu trop énergiquement. Il y eut des étincelles, et Sophie se baissa vivement.

– Là-bas, il y avait des barres de fer aux fenêtres. Je suis capable de crocheter une serrure, mais personne ne peut forcer des barres de fer.

– Mais pourquoi mettre des barres de fer ? Pour empêcher les effractions ?

– Non. Pour empêcher les *évasions*. Une fois qu'ils savent que tu existes, ils ne te laissent plus partir. C'est illégal d'être sans abri en France, tu étais au courant ?

Sophie l'ignorait. C'était la loi la plus insensée dont elle eût jamais entendu parler.

– Mais tu as réussi à t'enfuir, n'est-ce pas ?

– Oui. Par une cheminée. J'aurais mieux fait de ne jamais mettre les pieds dans cet endroit. Depuis, ils sont à mes trousses ; et aussi après quelques autres. Ils affichent des avis de recherche dans les bureaux de poste, tu le savais ?

– Mais pourquoi ? Je veux dire, pourquoi t'es-tu échappé ? Que s'est-il passé ?

– Rien. Il ne s'est rien passé. C'était un enfer. Tous les jours la même chose. Ils criaient quand on se parlait pendant les repas. Ils criaient quand on riait.

– Vraiment ?

Sophie était abasourdie.

– Je veux dire, sérieusement ?

– Oui. Tu n'as pas idée, Sophie. C'était comme être bâillonné. C'est pour ça que je ne peux pas prendre le risque de redescendre au sol. Il vaut mieux que les gens ignorent mon existence.

Il s'éloigna et passa une brindille entre ses orteils.

Sophie eut un pincement au cœur. Elle désigna d'un geste la tente de Matteo.

– En tout cas, je trouve cet endroit magnifique ! Si j'étais toi, je crois que je ne quitterais jamais ce toit.

Elle caressa le drap de plumes. L'eau y stagnait en gouttelettes, mais l'ardoise en dessous était sèche.

– C'est fantastique ! J'adorerais vivre ici. C'est parfait.

– Ça sent fort en été.

Il haussa les épaules, mais une satisfaction secrète se devinait sur son visage – une expression qu'elle avait déjà vue chez Charles.

– Les mouettes ont les plus belles plumes, ajouta-t-il. Regarde.

Il désigna des zones blanches sur le drap.

– C'est parce qu'elles sont naturellement grasses, et l'eau glisse littéralement dessus. Mais il n'y a pas beaucoup de mouettes dans le coin, sauf après les tempêtes. Je fais donc avec les plumes de pigeon. Elles sont tout de même épaisses, et j'y ajoute de la graisse de canard, quand j'en ai.

– Mais comment fais-tu pour les attraper ?

Matteo lui lança un regard perçant.

– À ton avis ?

– À l'aide… d'un piège ?

En réalité, Sophie n'en avait aucune idée. Avec un couteau ? À mains nues ? Avec les dents ? Venant de lui, plus rien ne pouvait l'étonner.

– Je vais te montrer. D'ailleurs, je n'ai pas mangé aujourd'hui.

Le garçon plongea alors le bras dans la cheminée et en sortit un arc. Il fouilla sous le matelas et en tira un autre fagot de flèches.

– Les flèches s'envolent si on ne les attache pas, expliqua-t-il. Ça souffle pas mal ici.

Sur ces mots, il mit une flèche en position sur l'arc, et reprit brusquement cet air concentré qui avait frappé Sophie sur la corde raide – comme s'il lui claquait une porte au nez pour s'isoler totalement. Il lui tourna le dos. Il y avait trois pigeons perchés sur le toit d'où ils étaient venus un peu plus tôt. Matteo replia son bras vers l'arrière, puis décocha une flèche qui fendit l'air avec un bruit strident pour venir frapper l'un des volatiles dans le cou. Les deux autres oiseaux s'envolèrent en poussant des piaillements de terreur.

– Toujours viser le pigeon du milieu, s'il y en a un, dit-il sans prêter attention à l'expression choquée de Sophie. On a plus de chance d'avoir une touche. Et tirer face au vent.

Matteo courut jusqu'au bord du toit et s'accroupit pour visualiser sa proie. Après quoi, il bascula en avant. Sophie l'observait, certaine qu'il allait mourir, mais au dernier moment, le garçon saisit la corde à deux mains et se balança pour rejoindre l'autre côté. Une fois sur place, il fourra le pigeon dans sa chemise – *c'était donc ça, les taches rouges* – et retraversa le ciel nocturne dans l'autre sens, toujours en se balançant. L'aller-retour lui prit en tout moins de deux minutes.

Il lâcha l'oiseau aux pieds de Sophie.

– Voilà comment je les attrape, dit le garçon en essuyant ses mains ensanglantées dans ses cheveux. Je n'ai jamais dit que j'étais gentil.

Sophie essaya de prendre un air blasé.

– Je peux t'aider à le plumer ? demanda-t-elle.

– Non.

– Pourquoi non ? S'il te plaît !

– Tu ne vas pas m'aider. Tu vas le *faire*. Ce n'est pas une invitation à dîner.

Par chance, Sophie avait eu l'occasion de lire des choses sur l'art de plumer un oiseau. On devait commencer par le cou puis descendre progressivement.

– Je n'ai jamais mangé de pigeon, dit-elle, arrachant une poignée de plumes.

La peau de l'oiseau ressemblait à celle d'un vieillard. Elle réprima une grimace et tâcha d'agir vite.

– Quel goût ça a ?

– Un goût de poulet fumé, répondit Matteo. Un goût de paradis. Mais on ne devrait pas parler.

– Oh ! Désolée. Quelqu'un pourrait nous entendre ?

– Non. Pas à cette hauteur. Mais tu n'es pas censée écouter de la musique ?

Pendant que Matteo vidait puis embrochait le volatile, Sophie tendit l'oreille. Il avait dit vrai. En se tenant debout ou assise à différents endroits du toit, elle parvenait à capter des bribes de conversations et des notes de musique provenant de presque un kilomètre à la ronde.

Elle fit le tour des lieux à demi accroupie, écoutant les sons portés par le vent. Elle perçut ainsi une dispute ponctuée de jurons français, quelques chants d'ivrognes et un aboiement. La nuit, cependant, résonnait surtout d'un profond silence, et du sifflement des rossignols.

Elle sursauta quand Matteo l'appela.

– Sophie !

– Oui ! Qu'y a-t-il ? Tu entends quelque chose ?

– Non. Le repas est prêt.

Le garçon n'était pas du genre à recevoir un prix d'élégance pour ses manières à table. Il déchiquetait le pigeon avec ses dents du fond, exposait beaucoup ses gencives, et mangeait la bouche ouverte. Sophie tenta de l'imiter, mais le gras de la viande était horriblement chaud, et elle sentit son palais se désintégrer.

Elle regarda autour d'elle, puis jeta un coup d'œil aux affaires de Matteo.

– Matteo, aurais-tu une fourchette ?

– Non. Pour quoi faire ?

– Tu n'en utilises pas ?

– J'ai des doigts, non ? Et des dents !

– Mais tu ne te brûles pas ?

– Jamais.

Il lui montra ses mains.

– Tu vois ? Résistantes à la chaleur.

D'épaisses callosités recouvraient ses paumes et les extrémités de ses doigts.

– Je ne me brûle pas.

– J'aimerais bien avoir une fourchette quand même, insista Sophie. Je suis désolée. C'est juste que je commence à avoir des cloques sur les doigts.

Et elle avait besoin de ses doigts pour jouer du violoncelle.

– Et aurais-tu de l'eau, aussi ?

– À boire, ou pour tes doigts ?

– Les deux.

– Fais-moi voir.

Il lui prit la main.

– Tes mains sont trop délicates.

Il cracha sur ses propres doigts, et frotta ceux de Sophie avec.

– Continue de cracher dessus. Ça aide. Et tiens, c'est juste pour boire.

Il lui tendit une boîte de conserve à moitié remplie d'eau.

– C'est de l'eau de pluie. Je ne peux pas la gaspiller pour soulager tes brûlures. Et ne bois pas tout.

Sophie prit une gorgée du précieux liquide. L'eau avait un goût de rouille, mais restait tout à fait buvable.

– Bien, dit-il. Reste là. Je vais te fabriquer une fourchette.

Matteo cassa aussitôt la carcasse du pigeon en deux

et en sortit le bréchet ainsi qu'un os assez long de la cuisse.

– Passe-moi la bouilloire, dit-il.

Visiblement insensible à l'eau bouillante, il y trempa les os, ajouta une minuscule pincée de suie, et les frotta.

– La suie sert de savon.

– Ah bon ?

Sophie observa le visage du garçon, qui était noir de saleté.

– De… savon ? Tu en es sûr ?

– Tu verras.

Il continua de frotter.

– J'ai raison.

Et il *avait* raison. Les deux os furent bientôt étincelants de blancheur. Après quoi il plongea la main dans sa poche pour en extraire de la ficelle.

– Regarde. La ficelle est la seule chose au monde avec laquelle on ne s'ennuie jamais. La ficelle, et les oiseaux.

Il attacha le bréchet au bout de l'os allongé en formant un huit.

– Et voilà ! s'écria-t-il. La fourchette de madame !

19

Le lendemain, Sophie dormit presque toute la journée, pour finalement se réveiller dans son lit et constater qu'il pleuvait. Plus tard, dans la nuit, cela tourna à l'orage. Elle comptait les secondes entre les éclairs et le tonnerre. « Une, deux », boum. Elle n'osa pas s'aventurer sur le toit.

Le jour suivant ne fut guère meilleur. Charles, vêtu d'un imperméable d'occasion peu seyant, partit péniblement en quête d'avocats.

– Je ferai le guet en attendant ton retour, si tu me laisses utiliser ta fenêtre, lui dit Sophie. Ne traîne pas, d'accord ? Et ne te fais pas repérer.

Elle tira sur la manche de son tuteur, qui était trop courte de trois centimètres.

– Je te le promets. Et toi, Sophie, fais en sorte de ne pas quitter l'hôtel, recommanda Charles. Sauf en cas de force majeure. Si tu as besoin d'aller au petit coin, utilise le pot de chambre. Je ne veux pas que les autres clients te voient.

Sophie passa ainsi toute la journée assise devant la

fenêtre de la chambre de Charles, une tasse de chocolat sur les genoux, à faire le guet. Elle était à l'affût des policiers ou des joueurs de violoncelle qui auraient pu passer par là. Mais, hormis quelques passants dissimulés sous leurs parapluies, ce fut le calme plat. Elle tendit aussi l'oreille, épiant d'éventuelles notes de musique, et ce pendant si longtemps que sa tête se mit à bourdonner et qu'elle crut entendre le *Requiem* à chaque cheval et à chaque charrette descendant la rue. Toutes les deux ou trois minutes, elle croisait puis décroisait les doigts.

Une pellicule se développa bientôt à la surface de son chocolat, qui refroidit. Sophie n'y fit pas attention. Il plut sans interruption.

Lorsqu'elle alla se coucher, la pluie était devenue torrentielle. Sophie se réveilla sur le coup de deux heures du matin. L'orage était en train de se calmer pour laisser place à un simple crachin. Les nuages glissaient sur la lune, dont la lumière clignotait dans sa chambre tel un message en morse.

Elle repoussa ses couvertures et bondit hors de son lit. Elle se sentait fraîche comme le jour. Elle enfila ses bas, puis son pantalon, et superposa deux chandails. Elle coupa ensuite les extrémités de ses bas afin de libérer ses orteils et, enfin, se hissa par la lucarne sans prendre la peine de la refermer derrière elle, de l'eau dégoulinant sur ses draps.

Matteo était assis en tailleur près d'un feu, adossé à la cheminée la plus large sur le toit qui lui servait de repaire. Il tenait un couteau dans une main, et dans l'autre, quelque chose de rosâtre, qui ressemblait étrangement à un rat écorché. En entendant Sophie siffler, il balança l'objet douteux dans les braises et courut vers elle pour lui faire traverser la corde raide.

Lorsqu'ils revinrent devant les flammes, l'animal fumait. Matteo lâcha un juron.

– *Argh*. Le rat, c'est déjà pas terrible. Mais le rat brûlé, c'est carrément dégoûtant !

– Ça a quel goût, le rat ?

Matteo s'assit, et fit signe à Sophie de l'imiter.

– Je ne pensais pas que tu viendrais, sous cette pluie. Ça ressemble à… du hérisson.

– Je n'ai jamais mangé de hérisson non plus.

– Tu as déjà goûté du lapin ?

Il déposa alors un sac de jute sur les genoux de Sophie pour la protéger un tant soit peu, et en mit également un sur ses propres épaules.

– Du lapin, oui.

Le sac était humide, mais elle ne fit aucune remarque. Celui de Matteo l'était visiblement encore plus.

– Eh bien, ce n'est pas pareil, mais ce n'est pas si éloigné non plus. Tiens. Goûte.

Sophie saisit l'animal grillé, le renifla. L'odeur n'était pas très engageante.

– Laisse-m'en un peu, quand même. Plus de la moitié. Je suis plus grand que toi.

– C'est le petit déjeuner ? demanda-t-elle. Ou bien… le dîner ?

179

– C'est le déjeuner. J'ai pris un petit déjeuner au réveil. Enfin, en quelque sorte.

– Et ça remonte à quand ?

Sophie mordilla la cuisse du rat. La viande avait un goût de charbon de bois et de queue de cheval. Elle se força à l'avaler.

– C'est… mangeable, dit-elle. Mais tiens. Je te le laisse.

– Je ne sais plus. Au coucher du soleil. Vers neuf heures tout à l'heure.

Matteo déchiqueta le rat avec ses dents.

– Je dîne à cinq heures du matin. Quand j'ai de quoi dîner.

– Tu veux dire que parfois tu n'as rien ?

Il haussa les épaules.

– La semaine n'a pas été bonne à ce niveau-là.

De près, Matteo avait effectivement un visage émacié et des traits tirés.

– Je suis fatigué, ajouta-t-il. Ce serait peut-être mieux que tu ne restes pas trop longtemps.

– Je suis tellement désolée !

Sophie jura intérieurement.

– J'aurais dû penser à apporter quelque chose à manger.

Elle n'avait pas imaginé un instant qu'il pouvait avoir faim.

– Je ne m'étais pas rendu compte. Mais, Matteo, laisse-moi rester, s'il te plaît. Je dois rester, pour écouter.

Elle se sentait fiévreuse à présent, comme à chaque fois qu'elle pensait à sa mère.

– S'il te plaît.

– Bon, d'accord.

Le garçon s'allongea sur le dos et se mit à contempler les étoiles.

– J'ai trop faim pour parler de toute façon.

– Mais pourquoi est-ce pire que d'habitude ?

– À ton avis ?

Il se redressa légèrement pour lui lancer un regard incrédule.

– La pluie. La pluie, évidemment.

Sophie s'étendit à son tour, un peu à l'écart. Dans le clair de lune, le visage de Matteo avait la couleur de la vieille neige.

– Tu veux dire que la pluie rend la chasse plus compliquée ? demanda-t-elle.

– Oui. Les oiseaux vont se réfugier dans les gares, sous les porches, entre autres. Et les gens ferment leurs volets la nuit. Du coup, on ne trouve rien sur le rebord des fenêtres.

– Qu'as-tu mangé cette semaine, dis-moi ?

– Jeudi, de la mouette. C'est la tempête qui l'a amenée ici. Elle était déjà presque morte de toute façon. Et une mésange bleue au petit déjeuner aujourd'hui. Ça m'a embêté parce que je les aime bien – vivantes, je veux dire. Je ne tiens pas particulièrement à les manger. Et puis elles ne sont pas assez charnues pour que ça vaille la peine de les plumer.

Sophie ne put s'empêcher d'être à nouveau impressionnée.

– C'est tout ? En trois jours ?

– Oui. Enfin, non. J'ai mangé un sucre d'orge hier. Anastasia et Safi l'avaient laissé pour moi sur le chêne près de l'Opéra. En tout cas, j'ai cru que c'était pour moi. De toute façon, ce n'est pas mon problème.

Elle se tourna vers lui.

– Qui ça ? Anastasia et… qui d'autre, tu as dit ?

Matteo blêmit.

– Personne. Tu n'aurais pas un peu de nourriture dans tes poches, par hasard ?

– Je ne crois pas.

Sophie fouilla dans son pantalon.

– Si, attends. J'ai des raisins secs. C'était pour les oiseaux, mais tu n'as qu'à les prendre.

– Oui, dit Matteo. Ce sera mieux que rien. J'ai faim. De toute façon, j'aurais mangé les oiseaux une fois qu'ils auraient mangé les raisins, alors ça revient juste à sauter une étape. Qu'est-ce que tu as d'autre ?

Sophie fouilla encore. Les poches, songea-t-elle, rendaient les pantalons bien supérieurs aux jupes, cela ne faisait aucun doute.

– Oui ! s'écria-t-elle en sortant finalement une main poisseuse. Tiens, voilà du chocolat. Il est peut-être un peu vieux, par contre. Et puis un peu fondu. Mais je crois que ça reste mangeable.

– Parfait. Donne.

À la grande surprise de Sophie, Matteo ne se le fourra pas immédiatement dans la bouche. Il prit une casserole qui se trouvait sur le feu et y déposa son butin, avant de touiller avec un bâton.

– C'est bien meilleur cuit. Ça donne l'impression qu'il y en a plus, expliqua-t-il avant de verser les raisins à leur tour dans la casserole. Voilà. Ça sent bon.

L'odeur du chocolat fondu envahit bientôt le toit. Matteo sembla déplier son corps de quelques centimètres. Pour la première fois de la soirée, elle le vit sourire.

– Essaie d'apporter plus de nourriture la prochaine fois, dit-il. C'est plus facile, ici, quand on a l'estomac plein.

Charles n'avait pas eu de chance avec les avocats.

– La situation est compliquée, expliqua-t-il. Aucun de ceux que j'ai rencontrés ne prendra le risque de s'opposer au préfet de police. C'est à croire que la majorité des avocats de Paris ont jeté leur honnêteté et leur courage au fond des toilettes. Mais nous trouverons quelqu'un, ma chérie.

Ils prenaient leur petit déjeuner. Charles étala l'équivalent d'un demi-pot de confiture sur son croissant, qu'il trempa ensuite dans son café.

– Le paradis ! dit-il. Tu ne manges pas ?

– Je pensais garder ça pour plus tard.

Sophie déposa son croissant sur ses genoux, puis le mit dans sa poche.

– Tu n'as pas faim ?

– Non, merci. J'ai l'estomac plein.

Charles s'interrompit.

– Vraiment ? s'étonna-t-il dans un haussement de sourcils. Tu as déjà caché ton petit pain dans ta poche.

Et, si je ne m'abuse, il y a une pomme dans ta chaussette. Je me demande bien ce qui a pu te rassasier ?

Inévitablement, les pensées de Sophie s'embrouillèrent.

– Ce sont les biscuits, répondit-elle.

– Au petit déjeuner ? Comme c'est bizarre.

– Je voulais voir ce que ça faisait, de manger des biscuits au petit déjeuner.

– Et comment était-ce ?

– Bon. J'en ai mangé des tas. D'ailleurs, je me sens un peu barbouillée maintenant.

Elle commença à se lever.

– Je peux disposer ?

– Pas encore. Reste assise, ma chérie. Dis-moi : quel genre de biscuits as-tu mangé ?

– Ceux au caramel et au chocolat.

– Ceux avec le cœur fondant ?

– Oui.

Il sourit.

– Et tu ne m'en as gardé aucun ?

– Désolée. Ils étaient tellement délicieux.

– Je ne doute pas qu'ils étaient délicieux. Et ces délicieux biscuits moelleux au caramel et au chocolat, d'où venaient-ils ?

– De la boulangerie, bien sûr.

Sophie hocha la tête, tout en jetant un coup d'œil à la vitrine de la boulangerie par la fenêtre. Malheureusement pour elle, le store orange vif était baissé et la vitrine éteinte.

– Quelle prouesse !

Les sourcils de Charles frémissaient d'ironie.

– La boulangerie est fermée le dimanche, Sophie.

– Je le sais. Je les ai achetés hier.

– Elle est aussi fermée le samedi.

Mince. Ses aisselles la picotaient et elle sentait la sueur perler sur son visage. Elle détestait mentir. Elle n'était pas sûre de ses talents en la matière, et les soupçonnait même d'être assez limités.

– Ah oui ! C'est vrai. Je voulais dire vendredi !

– Et tu les as payés avec… quel argent ? À ma connaissance, tu ne possèdes pas d'argent français.

Il n'y avait rien à répondre à cela, alors Sophie se tut.

– Aurais-tu quelque chose à m'avouer, ma chérie ?

Oui ! Elle avait des centaines de choses à lui avouer. Mais les adultes, même les meilleurs d'entre eux, étaient imprévisibles. Ils étaient capables de vous mettre des bâtons dans les roues à tout moment. Elle glissa donc ses doigts sous sa ceinture et les croisa fermement.

– Non, répondit-elle. Rien du tout.

Elle marqua un temps d'arrêt.

– Je peux disposer ?

– Bien sûr.

Les sourcils de Charles s'élevèrent jusqu'à former des V retournés.

– Tu es une bien piètre menteuse, Sophie. Je ne te conseille pas une carrière d'actrice. Cela dit, tant que tu ne fais rien de monstrueusement illégal, je suis ravi que tu aies des secrets.

– Je ne fais rien d'illégal !

Et si ça l'était, pensa-t-elle, eh bien, c'était vraiment injuste.

– Dans ce cas, mon enfant, garde tes secrets. Tout le monde en a besoin. Les secrets rendent fort, et rusé.

Sur ces mots, il attendit encore un peu, puis, voyant Sophie le regard rivé sur les barreaux de sa chaise, il lui fit signe de partir.

– Tu peux y aller, dit-il. Va donc t'entraîner à mentir devant un miroir.

Quelques minutes plus tard, cependant, il frappa à sa porte.

– Ce secret, Sophie, est-il d'ordre alimentaire ?

– Oh ! Euh, oui. En quelque sorte.

– Et a-t-il un rapport avec ta mère ?

– Oui. Je crois bien.

Je l'espère, en tout cas, songea-t-elle en croisant tous ses doigts et tous ses orteils.

– Peux-tu me dire si un autre adulte est impliqué ?

– Non, répondit Sophie. Non, pas un adulte.

Charles sembla sur le point d'ajouter autre chose. Finalement, il secoua la tête.

– Parfait. C'est tout ce que je voulais savoir.

– Merci, dit-elle.

Il lui tournait le dos à présent, de sorte qu'elle ne voyait plus son visage.

– Sophie ? lança-t-il avant de partir.

– Oui ?

– Une dernière chose. Je te défends de te faire du mal. Sinon, je t'écorche vive.

Cette nuit-là, quand Sophie monta dans sa chambre, les dents brossées et un dictionnaire de français sous le bras, elle découvrit un paquet sur son lit.

Une note portant l'écriture de Charles y était épinglée. Celle-ci disait : « Tout le monde a besoin de secrets. Assure-toi seulement qu'il s'agisse de bons secrets. » Au verso de la note figurait un post-scriptum : « Je ne conçois pas de festin digne de ce nom sans une profusion de saucisses. »

Sophie soupesa le paquet. Il était lourd et faisait un drôle de bruit humide par endroits. Il contenait aussi quelque chose qui tintait. Elle s'apprêtait à l'ouvrir quand elle s'arrêta net. Il valait mieux attendre pour cela d'être en compagnie de Matteo. Elle dut cependant faire preuve d'une volonté démesurée pour ne pas céder à la curiosité avant d'avoir atteint la corde raide.

C'était une nuit sans lune. Matteo était assis au bord de son toit, les jambes dans le vide. Il sifflait.

– Regarde ce que j'ai ! cria-t-il.

Il courut le long de la corde, sauta jusqu'à elle, et lui prit la main.

– Viens voir ! Des tomates ! Je n'en ai jamais eu autant.

Le tas de tomates arrivait effectivement presque aux

genoux de Sophie. La rosée du crépuscule les faisait scintiller dans l'obscurité.

– Elles sont magnifiques, dit-elle.

Elle le pensait vraiment. Elles étaient larges et plates – de celles qui ont un petit goût piquant –, et à peine mûres. Sophie en saisit une et la renifla.

– Où les as-tu trouvées ? demanda-t-elle.

– J'ai fait pousser…

– Ne me dis pas que tu les as fait pousser, je ne te croirai pas. Il faut une serre pour cultiver cette variété-là.

– D'accord.

Matteo affichait un sourire narquois, comme pour la provoquer.

– Je les ai ramassées sur un balcon. Celui d'un immeuble du huitième arrondissement. Au cinquième étage.

– Donc, tu les as volées ?

– Non. Je les ai *prises*.

– Quelle est la différence ?

– Elles étaient à l'air libre. J'avais le droit. La loi de la jungle, quoi.

Sophie pouffa en imaginant ce que miss Eliot dirait de cela, puis arbora un grand sourire.

– Que vas-tu faire d'une centaine de tomates ?

– Il y en a trente-quatre, dit-il d'un air hautain. J'ai compté.

Il baissa alors les yeux sur le paquet que portait Sophie.

– Qu'est-ce qu'il y a, là-dedans ?

– Je ne sais pas. J'ai pensé qu'on l'ouvrirait ensemble.

– Pourquoi ça ?

Sophie se rendit compte qu'elle n'avait pas vraiment de réponse à cette question. Elle se sentit rougir, et jura intérieurement.

– Tu sais… comme à Noël.

– Quoi « Comme à Noël » ?

– Tu sais, quand on ouvre les cadeaux ensemble à Noël.

– Je ne comprends pas.

Il avait brusquement l'air énervé, comme s'il la soupçonnait de se moquer de lui.

– Je ne vois pas de quoi tu parles.

– Je crois que c'est de la nourriture, dit Sophie. Ça vient de Charles.

La nourriture a un pouvoir sur la mauvaise humeur que rien ne peut égaler. La bouche de Matteo s'étira soudain jusqu'à former un sourire béat.

– Quel genre de nourriture ?

Il lui prit le paquet des mains et le pressa entre ses doigts.

– De la viande ?

Il le leva au-dessus de la tête de Sophie.

– Je vais peut-être le garder pour moi, dans ce cas.

– Rends-moi ça !

Essayer de s'en emparer ne rimait à rien, mais elle tenta tout de même sa chance. Il la dépassait d'une tête.

– On va l'ouvrir ensemble, dit-il, magnanime.

Mais il écarta le paquet quand Sophie s'en approcha.

– C'est moi qui commence.

À l'intérieur se trouvait toute une série de paquets plus petits, chacun recouvert de papier sulfurisé. Matteo y plongea la tête, renifla, puis s'attaqua au premier d'entre eux. Il contenait des petits pains, quatre en tout, moelleux au centre et saupoudrés de farine sur le dessus. Ils étaient encore tièdes et sentaient bon le ciel bleu. Quelqu'un avait pris soin de les tartiner – une personne ayant visiblement des convictions très fortes à propos du beurre, au point d'en étaler une couche aussi épaisse que la première phalange du pouce de Sophie.

– J'ai toujours pensé, dit la jeune fille, que si l'amour avait une odeur, ce serait celle du pain chaud.

– Quoi ? dit Matteo, qui avait déjà commencé à manger. De quoi tu parles ?

Un morceau de beurre pendait de sa lèvre supérieure.

– Peu importe, répondit Sophie.

Puisque le garçon avait l'air occupé, elle s'attaqua au deuxième paquet. L'emballage lui collait aux doigts.

– De la viande ! s'exclama Matteo.

Il semblait jubiler de certitude, sans même avoir levé les yeux de ses mains pleines de petits pains.

– Comment le sais-tu ?

– À l'odeur.

Il ne s'était pas trompé. Sophie finit par décoller le papier, révélant un gros morceau de viande brune taillé en tranches épaisses. Elle ne pouvait dire ce dont il s'agissait et tendit le paquet à Matteo.

– Qu'est-ce que c'est ? Tu as une idée ?

Saisissant la plus grosse tranche, il en mordilla un coin.

– Non. Je n'ai jamais goûté un truc pareil. Mais c'est bon. Et ce n'est ni du pigeon ni du rat, ça, j'en suis sûr.

Sophie se lança à son tour. La viande avait un goût de fumée et de sel. Là-haut, dans la fraîcheur de la nuit, c'était magique.

– C'est… je crois que c'est du chevreuil. Je n'en ai jamais mangé, mais c'est comme ça que je l'imagine.

Matteo avait recommencé à farfouiller dans les paquets. D'une main, il brandit deux bouteilles en verre.

– Et ça, qu'est-ce que c'est ?

– Du vin, peut-être ?

Les bouteilles étaient fraîches et perlaient dans la tiédeur du soir. Sophie en appuya une contre sa joue.

– Ça ressemble à du vin, en tout cas. Pourtant, Charles sait que je n'aime pas l'alcool, sauf le champagne avec des mûres.

– Je n'ai jamais goûté, dit Matteo, méfiant.

Il renifla l'une des bouteilles. Des bulles lui montèrent au nez et il éternua, à la manière d'un chat.

– Ça doit plutôt être de la limonade, s'exclama Sophie en riant.

Pour finir, ils trouvèrent aussi un demi-gâteau au chocolat encore coulant en son centre, un pot à confiture rempli de crème et un dernier paquet bombé enveloppé de papier sulfurisé et de journaux.

– Des saucisses ! s'écria Matteo.

Sophie les compta. Elles étaient aussi larges que son poignet.

– Vingt-deux, dit-elle. Onze chacun.

– Mon Dieu ! s'exclama le garçon, avant d'ajouter autre chose – des mots trop grossiers pour être rapportés. Je ne sais pas qui est ton tuteur, mais je l'adore.

– Oui ! Moi aussi.

Le visage de Sophie, tourné vers le feu, s'éclaira d'un grand sourire. Qui d'autre, songea-t-elle, était capable de vous offrir davantage de saucisses que vous n'aviez de doigts et d'orteils ?

– On devrait toutes les cuire d'un coup, suggéra-t-elle. C'est ce qu'il attend de nous, je crois.

– Non, dit Matteo. On ferait mieux d'en garder pour plus tard.

– Mais tu n'as pas de glace, si ? Elles vont se gâter si on ne les cuisine pas. Allez, Matteo ! Je meurs de faim.

La joue gauche de Matteo se contracta brusquement, comme s'il réprimait un sourire. Sophie prit cela pour un oui.

– Et je pourrais faire une soupe avec les tomates, proposa-t-elle.

– Tu *sais* comment t'y prendre ? demanda le garçon.

– Oui, mentit Sophie. Enfin, je trouverai bien.

Les saucisses ne contenaient ni gras ni nerfs. Elle les tâta.

– Comment va-t-on les cuire ? Est-ce que tu as une poêle ?

– Non, répondit-il. Mais je collectionne les girouettes.

– Tu collectionnes les… girouettes ? répéta Sophie, se demandant si la langue de Matteo n'avait pas fourché.

– Oui. J'en ai presque une douzaine.

Sur ces mots, le garçon attrapa un sac derrière lui. Il en sortit plusieurs longues piques en métal qu'il lâcha aux pieds de Sophie. La plupart avaient l'aspect de flèches. L'une d'entre elles, cependant, représentait le mât d'un navire, tandis qu'une autre avait la forme d'un poulet. Toutes étaient rutilantes et brillaient de reflets bronze et argent sous le clair de lune.

– Tu vas voir.

Matteo prit trois saucisses et les planta dans la plus longue des piques.

– Fais-en quelques-unes, toi aussi.

– Où les trouves-tu ? demanda Sophie.

– Sur les toits, bien sûr.

– Mais ce n'est pas du vol ?

Elle embrocha à son tour quatre saucisses sur une flèche argentée qu'elle plaça ensuite au-dessus du feu.

– Non, pas du tout. Les gens n'en font rien. Ils les laissent rouiller. *Moi*, je les utilise.

– Bien sûr qu'ils en font quelque chose…

– Et quoi, s'il te plaît ? demanda Matteo.

Sophie se sentit déconcertée.

– Eh bien, ils s'en servent pour savoir dans quel sens souffle le vent, non ?

– Si les gens sont stupides au point d'avoir besoin d'une girouette pour ce genre de chose, alors ils ne méritent pas ces girouettes.

– Mais s'ils n'en avaient pas, tu ne pourrais pas les voler.

– Trouver, pas voler.

Matteo cracha sur l'une des piques en fer et la frotta contre sa chemise.

– De toute façon, pour savoir dans quel sens souffle le vent, il suffit de regarder les arbres ! De lécher son doigt et de sentir la brise. De s'arracher un cheveu et de le maintenir en l'air.

Un jus clair avait commencé à s'écouler des saucisses. Quelques minutes plus tard, elles dégageaient une odeur fabuleuse.

Sophie rinça à l'eau de pluie le plus gros récipient que possédait Matteo. Il s'agissait d'un pot en cuivre, en forme de petit chaudron. Il sonna à merveille quand elle le cogna contre le pot de confiture.

– Tu as quelque chose pour éplucher les tomates ? demanda-t-elle.

– Non. Mais on n'épluche pas les tomates de toute façon. Tu confonds avec les oranges.

– Je crois qu'on les épluche pour la soupe, expliqua-t-elle sans conviction. Mais peu importe. Ça devrait quand même aller.

Elle déposa alors les fruits dans le chaudron en prenant soin d'en mettre deux de côté, qu'ils mangèrent crus.

– Puis on laisse cuire jusqu'à ébullition, je crois, dit-elle.

Après coup, elle eut tout de même l'idée de verser une demi-tasse d'eau de pluie dans sa préparation. Au bout d'une demi-heure, les tomates étaient réduites en purée, des bouts de peau flottant à la surface. Ils les repêchèrent dans le récipient – Sophie à l'aide d'une brindille, Matteo avec les doigts – et les partagèrent avec les dizaines de pigeons qui s'étaient rassemblés autour d'eux en quête de quelques miettes.

– Tu me passes la crème ? demanda Sophie.

– N'utilise pas tout !

Matteo y trempa son doigt avant de lui tendre le pot.

– Ne t'inquiète pas, dit-elle.

Elle versa ensuite une grande partie de la crème dans son chaudron, mais en garda suffisamment pour accompagner le gâteau au chocolat. *Que met-on d'autre dans une soupe ?* se demanda-t-elle.

– Tu as du sel ?

– Bien sûr que j'en ai ! Je suis un enfant des toits, Sophie, pas un sauvage.

Matteo conservait son sel dans un carré de tissu bleu qu'il avait entortillé et rangé au fond d'un pot de fleurs soigneusement nettoyé. Il y avait aussi du poivre, dans un carré rouge. Sophie reconnut les étoffes des deux shorts qu'il portait lors de leur première rencontre.

– Je n'aime pas trop le poivre, dit Sophie. Je ne vais mettre que du sel, si tu es d'accord. Et si tu y tiens, tu en ajouteras dans ta portion.

– Mais si, tu aimes le poivre. C'est juste que tu n'en as mangé que du mauvais en Angleterre, dit Matteo. Je sais de quoi je parle. J'ai déjà goûté des restes de nourriture anglaise. Ajoutes-en un tout petit peu.

Sur quoi, sans attendre, il attrapa quelques grains de poivre, les broya entre deux fragments d'ardoise et les versa dans la soupe.

– Fais-moi confiance.

L'odeur de sa préparation était maintenant si intense que les narines de Sophie en frémirent.

– C'est prêt, je crois, annonça-t-elle.

Ils s'assirent côte à côte, dos au vent, et burent leur soupe dans des boîtes en fer. Sophie se sentit grisée par son petit goût piquant. Elle eut presque envie de rire. Matteo engloutissait des saucisses entières en une seule bouchée, tandis qu'elle les plaçait en sandwich entre deux tranches de viande de chevreuil. Elle se risqua même à ajouter une cuillerée de soupe en guise de condiment, mangeant à pleines mains. Ses cheveux lui entraient dans la bouche, et elle les attacha en arrière avec l'une des cordes de l'arc de Matteo. Elle n'avait jamais été aussi heureuse de sa vie.

Ils avaient déjà dévoré quatorze de leurs saucisses et Matteo lui-même semblait ralentir sa cadence quand, soudain, Sophie se figea.

– Tu entends ?

– Quoi ? demanda le garçon, la bouche pleine. Ch'est le fent.

– Non, ce n'est pas le vent.

Le son était trop limpide et trop caressant pour cela.

– C'est de la musique. Du violoncelle. Tu entends les graves ?

Sophie abandonna le reste de son repas sur l'ardoise. Elle tendit l'oreille. Une mélodie flottait au-dessus de leurs têtes.

– C'est le *Requiem* de Fauré, affirma-t-elle. Joué deux fois plus vite.

Elle se leva d'un bond, renversant des saucisses dans le feu.

– Ça vient de là-bas !

Elle traversa le toit en courant et s'arrêta au bord du vide. Sur la pointe des pieds, elle écouta de nouveau avec attention. *Ma mère. C'est ma mère.* Elle frémit de tout son être à cette pensée.

– Tu entends ?

Elle retint sa respiration pour ne pas en perdre une miette. Puis la musique se tut.

– Mon Dieu, Matteo, je t'en supplie ! Dis-moi que tu as entendu, toi aussi !

Matteo était debout à présent, et s'essuyait la bouche.

– J'ai entendu.

– Crois-tu que ça vient de loin ? On peut y aller tout de suite ? Allez ! S'il te plaît ! Quel est le chemin le plus court ?

– Je ne sais pas.

– Comment ? Mais si, tu sais ! Tu as dit que tu connaissais Paris comme ta poche ! Il faut qu'on y aille, maintenant !

– Non.

– Qu'est-ce que tu… allez, vite, viens ! Mais viens !

– Ça ne sert à rien de courir.

– Mais *si* !

– Calme-toi, Sophie ! Écoute. Ça s'est arrêté de toute façon.

Il était livide.

– C'est peut-être à des kilomètres d'ici. C'est trop difficile à localiser. Tu comprends, n'est-ce pas ? Les sons se promènent dans tous les sens sur les toits. Ça résonne. C'est trompeur.

– Mais je peux dire d'où ça venait ! De ce côté-là !

Sophie pointait le doigt vers la ville.

– Là ! De la gare du Nord !

Matteo évitait son regard.

– Je sais, admit-il.

– Alors pourquoi as-tu prétendu le contraire ? Allons-y.

– Je ne vais pas à la gare. Vas-y, toi, si tu veux. Moi, je ne peux pas.

– Mais si, tu peux ! J'ai besoin de toi ! Il faut que tu m'accompagnes !

– C'est impossible. Les toits sont gardés là-bas.

– Par qui ?

Il secoua la tête.

– Je ne peux pas t'expliquer.

– Dans ce cas, allons-y, insista Sophie.

Les battements de son cœur lui perçaient les tympans. Elle avait entendu sa mère jouer.

– Nous irons là-bas, finit par lâcher Matteo. Mais

pas ce soir. Si tu veux qu'on aille à la gare, nous aurons besoin des autres.

– Des autres ?

Tous ces mystères étaient exaspérants.

– C'est qui ça, les autres ? Quels autres ?

Matteo soupira.

– Les autres enfants des toits.

– Mais tu as dit qu'il n'y avait personne d'autre.

– Je sais. J'ai menti.

Il se tourna alors vers elle et planta ses yeux dans les siens : c'était un de ces regards qui vous transperce l'âme, qui vous plonge dans l'embarras au point que vous ne savez plus quoi faire de vos mains.

– Tu as bien dit que tu savais nager, n'est-ce pas ? demanda Matteo.

20

Deux jours plus tard, Sophie était assise sur un banc du jardin des Tuileries, et tripotait nerveusement ses vêtements. Une nuée de papillons s'agitait dans son ventre. Matteo lui avait demandé de s'installer là, au crépuscule, et d'attendre.

– Je les ai appelés, lui avait-il dit. J'ai lancé le signal. Ils viendront peut-être. Ou peut-être pas.

– Qui ça, *ils* ?

Le garçon était occupé à frotter des escargots au fond d'une casserole d'eau pour en ôter la terre. Il lui avait parlé sans la regarder.

– Et combien de temps me faudra-t-il attendre ? avait demandé Sophie, sentant l'inquiétude lui comprimer de plus en plus la poitrine.

– Peut-être quatre heures, à partir du crépuscule.

– Quatre *heures* ?

– Disons cinq, par sécurité.

– Cinq heures !

– Savoir patienter est un talent. Il te faut apprendre.

Matteo avait ensuite posé chaque escargot nettoyé à

l'envers devant le feu. Il y en avait toute une rangée ; Sophie en avait compté onze. Leurs coquilles étaient marbrées. Elle avait été étonnée de les trouver si jolies.

– C'est comme jouer du violoncelle, avait-il ajouté.

– Non, pas du tout.

– Ce sera bien pour toi.

– Et qu'est-ce que je vais dire à Charles ? Je n'ai pas le droit de sortir dans la rue. Je pourrais me faire arrêter.

Arrêter : le mot, à lui seul, lui glaçait les sangs.

– Dis-lui n'importe quoi, ce que tu veux. Ou bien ne lui dis rien. Ou bien mens-lui. Ça ne compte pas de toute façon. Il fera nuit.

Si, ça comptait, avait pensé Sophie, et même énormément. Mais Matteo était un enfant des toits, et il n'avait jamais vécu pareille situation : devoir mentir à la personne qui vous aimait le plus au monde.

Sophie avait finalement décidé de ne rien dire à Charles. C'était toujours préférable au mensonge. Et elle n'aurait qu'à porter un foulard sur la tête. Elle avait songé : *Ce sont mes cheveux qu'ils cherchent.* Elle pourrait aussi rembourrer ses vêtements pour avoir l'air plus grosse ; ou courber le dos pour avoir l'air plus petite. Malgré tout, elle était rongée par l'angoisse à l'idée de sortir.

– Tu ne pourrais pas venir me tenir compagnie ? avait-elle dit.

Matteo l'avait regardée comme si elle lui avait demandé d'avaler un pigeon avec ses plumes.

– Je ne vais pas dans la rue. Jamais.

– Dans ce cas, on ne pourrait pas fixer le rendez-vous sur mon toit ? Ou sur le tien ? Je risque de me perdre dans les rues. Ou de me faire arrêter, je te l'ai dit. S'il te plaît, Matteo. La police a l'air féroce ici.

– Non. Les autres n'aiment pas trop les toits. Ils préfèrent les espaces ouverts.

– Comment ça ? Tu n'as pas dit qu'ils vivaient eux aussi sur les hauteurs ?

– Si, en quelque sorte.

– Tu ne pourrais pas tout simplement *m'expliquer* ?

Matteo avait haussé les épaules et jeté les escargots dans un chaudron de bouillon fumant.

– On ne peut faire confiance à personne. Les plus inoffensifs en apparence sont souvent les pires rapporteurs.

– Tu crois vraiment que je vais vous dénoncer ?

Matteo avait fait la grimace.

– Ça se passera bien. Tu verras.

Elle était assise là depuis une heure. Sortir de sa chambre n'avait pas été facile. Elle avait attendu que le soleil soit bas dans le ciel, était montée sur le toit, puis était descendue le long de la gouttière.

Elle avait laissé une note sur la porte de Charles : *Je me suis couchée tôt. Ne me réveille pas. Tendrement, S.*

L'idée qu'il puisse découvrir son absence la dévorait de l'intérieur. Et chaque fois qu'un homme en uniforme passait, elle se raidissait et se mordait les joues jusqu'au sang.

Sophie chercha un endroit où fixer son regard pour ne plus penser aux policiers. Le parc se vidait au fur et à mesure que la nuit tombait. Il n'y avait pas grand-chose à observer, hormis des plates-bandes – activité assommante à moins d'être autorisé à en cueillir les fleurs –, des moineaux, et, posé sur le banc à côté d'elle, un petit pain au fromage pour son dîner. Elle en arracha un morceau et le jeta aux oiseaux. C'est alors que, derrière elle, s'éleva une voix.

– C'est inutile. Ces moineaux n'aiment que les croissants.

Sophie se retourna d'un bond.

Une jeune fille était installée tout près d'elle sur le banc attenant, les fesses sur le dossier, les pieds sur l'assise. Sa chevelure blonde frôlait le visage de Sophie, et pourtant celle-ci n'avait rien entendu, pas même un bruissement, pas même un murmure de pigeon.

– Tu… Comment as-tu fait ça ? C'est incroyable.

La fille sourit de toutes ses dents.

– Bonsoir. Tu dois être Sophie.

Elle se laissa glisser à ses côtés depuis son perchoir.

– Les oiseaux sont gâtés pourris par ici. Il y a une colombe qui ne se nourrit que de pains au chocolat.

Là-dessus, elle prit le petit pain des mains de Sophie et, au lieu d'envoyer des miettes aux moineaux, mordit en plein dedans.

– Mmm… Quel délice ! Je n'ai pas mangé de pain depuis des semaines.

– Il est rassis, dit Sophie, à défaut d'autre chose.

La fille haussa les épaules, puis lécha le pain pour l'humidifier.

— Rassis, ça veut dire vieux, non ? Et ce qui est vieux est sage. Du pain sage. Je te présente Safi, ma sœur. Dis bonsoir, Safi.

Sophie eut à nouveau un léger sursaut. Une fille aux cheveux bruns se trouvait là à présent elle aussi, appuyée nonchalamment contre le banc. Elle demeura muette.

— Mais je ne t'ai pas entendue arriver, s'écria Sophie. Comment as-tu fait ?

— L'entraînement, répondit la blonde d'un air blasé.

La fille aux cheveux bruns vint se blottir en boule contre sa sœur, presque sur ses genoux. Une horloge sonna, et un homme commença à allumer les réverbères. Sophie y vit alors plus net.

Les deux filles étaient petites et crasseuses. La blonde portait une robe en coton brun verdâtre qui, à en juger par ses coutures, avait jadis été blanche. On aurait presque dit que quelqu'un l'avait volontairement barbouillée de terre et d'herbe, un scarabée s'accrochant à l'ourlet. Toutefois, la propriétaire du vêtement donnait l'impression curieuse qu'il s'agissait de la plus somptueuse des soies de Chine.

— Je m'appelle Anastasia, dit-elle.

Sophie lui trouva un drôle d'accent, ses voyelles vibrant d'une étrange façon. La fille ouvrit les bras comme si l'endroit lui appartenait.

— Bienvenue à Paris.

— Merci. Et moi, c'est Sophie.

– Oui. Nous sommes au courant, dit Anastasia.

Elle posa une main sur le bras de sa sœur.

– Safi te souhaite la bienvenue, elle aussi.

La brune offrait le visage de quelqu'un qui avait de la bouteille et n'avait pas peur de donner des coups. Elle portait une chemise de garçon et un pantalon d'homme, maintenu à la taille par un mètre ruban grossièrement noué. Quelque chose de collant se trouvait étalé sur sa joue. Du sang, peut-être ? Malgré tout cela, elle était aussi jolie que sa sœur. Sophie fit une moue de jalousie.

La blonde sourit.

– Matteo a dit que tu serais facile à repérer. « Cherche des yeux de la couleur des flammes », voilà ses propres mots.

– Matteo a dit ça ?

– Bien sûr. Qui d'autre ?

Sophie, perplexe, fronça les sourcils.

– Et *comment* a-t-il pu le dire ?

– On s'envoie des signaux. Avec des bougies, tu sais. On appelle ça du morse, je crois. Attends, laisse-moi vérifier quelque chose.

Faisant fi des règles de politesse, elle toisa brusquement Sophie des pieds à la tête, puis se leva et la contourna pour l'examiner de dos. Sophie s'efforça de conserver une expression neutre.

– Tu es exactement comme il t'a décrite, affirmat-elle. Il a beaucoup parlé de toi.

L'autre fille leva les sourcils, mais resta mutique.

Sans savoir pourquoi, Sophie rougit.

– Et qu'a-t-il dit à mon sujet ?

La blonde secoua la tête.

– C'est un secret.

Sophie se sentit idiote. Elle se renfrogna et baissa rageusement les yeux.

– C'était très intéressant, et positif dans l'ensemble, développa Anastasia.

À ces mots, sa sœur acquiesça d'un signe, et s'enfonça davantage dans les profondeurs de son silence. Sophie tenta de sourire.

– Safi voulait que tu saches qu'elle est très contente de te rencontrer, poursuivit Anastasia.

Alors elle le cache bien, pensa Sophie. Mais elle se contenta de dire :

– Pourquoi ça ?

– Matteo n'aime pas les gens d'habitude. Alors, quand il apprécie quelqu'un, ça compte.

Sophie avait désormais les joues en feu. Elle se dissimula derrière ses cheveux et chercha quelque chose à dire.

– Je peux te poser une question ? lâcha-t-elle enfin. Tu es française, n'est-ce pas ?

– Bien sûr, répondit Anastasia tandis que Safi se frappait la poitrine du poing. *Vive la France** !

– Dans ce cas, qui t'a appris à parler anglais ?

– Les touristes américains.

– Vraiment ? dit Sophie, surprise par cette réponse. Ah bon ? C'est gentil de leur part.

– Ils ne s'en sont pas rendu compte. En fait, ils mangent dans les cafés du parc ou s'assoient sur les bancs et papotent pendant des heures.

– Et tu t'assois sur les bancs à côté d'eux ?

– Non ! Bien sûr que non ! On se ferait repérer par les gardiens du parc. On s'installe dans les arbres. De cette façon, ils ne nous voient jamais. Les Américains ne sont pas très observateurs.

– Oh.

Sophie n'avait jamais rencontré d'Américains.

– Les adultes, en tout cas. Les enfants ont l'œil plus vif. Il faut se méfier d'eux. Et nous parlons aussi russe, et italien, ou encore espagnol. On n'est pas bien sûres de savoir identifier les langues entre elles, mais on les parle toutes. Matteo, lui, parle allemand, mais pas aussi bien qu'il le prétend.

– Et vous êtes vraiment sœurs ?

– Oui. Je crois que Safi est la plus jeune, dit Anastasia. En tout cas, je me rappelle une époque où elle n'était pas dans les parages, tandis qu'elle, elle ne se souvient pas du monde sans moi. Alors…

Sophie n'en revenait pas.

– Tu *crois* que Safi est la plus jeune ? demanda-t-elle. Tu ne connais pas ton âge ?

Anastasia haussa les épaules.

– Non. On ne se rappelle pas avoir eu une mère. Matteo non plus, d'ailleurs. Il dit toujours qu'il a quatorze ans, mais il oublie que ça devrait augmenter chaque année.

Elle examina alors de nouveau Sophie des pieds à la tête. Elle avait un regard franc et direct, un regard que Sophie n'avait jamais vu chez ses amies londoniennes. Comme si cette fille n'avait peur de rien.

– Toi, par exemple, tu as quel âge ? questionna Anastasia. On fait à peu près la même taille, non ?

Sophie secoua la tête.

– On ne peut pas se fier à la taille. Je suis grande pour mon âge. Toi, tu m'as l'air d'avoir treize ans.

– Bien. Disons que j'ai treize ans. Et Safi doit avoir… à ton avis ?

– Onze ans ? Dix, peut-être ?

– Disons dix ans, décida Anastasia. J'aime bien être plus âgée.

Là-dessus, elle lissa sa robe, à la manière d'une princesse à une fête d'anniversaire, et non comme une fille avec du lichen sous les ongles.

– Excuse-moi pour ma robe. C'était du brocart blanc, avant. Elle était tellement belle. Je l'ai trouvée dans une poubelle. Les gens jettent une quantité de choses à Paris, tu n'imagines pas. Le problème, c'est qu'on ne peut pas porter de blanc, sous peine de se faire repérer. Alors on fait en sorte de tout tacher avec, euh… comment on appelle ça, déjà ?

– De la peinture ? De l'herbe ?

– Non, avec cette poussière verte qui recouvre les arbres. Comme de la poudre d'arbre, tu sais ?

– Oui ! Je vois de quoi tu parles ! On en trouve aussi de la blanche, sur les saules. Charles – mon tuteur – appelle ça de la peinture sauvage. Je ne connais pas le mot exact.

Sophie baissa les yeux sur son propre chandail, de couleur crème.

– Est-ce que ma tenue fera l'affaire ?

– Le pantalon, oui. Le haut…

Anastasia fit la moue.

– Eh bien, pas vraiment. Le blanc et le jaune sont les couleurs les plus visibles la nuit. Le crème et le rose aussi. Autant brandir un écriteau « Regardez-moi ». Seuls les gens qui veulent être au centre de l'attention en portent.

Sophie ne partageait pas cet avis. Elle trouvait son chandail crème très sobre. De plus, elle l'avait tricoté elle-même, dans une maille large et irrégulière. Elle n'avait jamais cherché à attirer les regards avec ce vêtement. Elle croisa les bras sur sa poitrine en signe de protestation.

Anastasia se mit à rire.

– Il est très joli, ce pull-over. Ne sois pas vexée. Mais si tu ne veux pas te faire prendre, tu dois faire en sorte que les gens te remarquent le moins possible, tu comprends ?

Elle semblait avoir du mal à trouver ses mots en anglais.

– En contrepartie, nous avons le ciel. Tu comprends, n'est-ce pas ?

Sophie hocha la tête, sceptique.

– Oui. Plus ou moins.

Anastasia la regardait fixement.

– Pas vraiment, en fait, admit-elle avec un sourire. Je ne vois pas comment on peut *avoir* le ciel.

– Plus qu'à quiconque, le ciel nous appartient.

Matteo avait dit la même chose à propos des toits.

– Comment ça ? De quelle façon ? insista Sophie.

Safi lui tapota alors le coude. Elle se frotta les bras et pointa le doigt vers les nuages.

Anastasia sourit.

– Elle dit : parce que l'on vit plus près du ciel que n'importe qui d'autre. Elle dit : regarde là-haut.

Sophie leva les yeux dans la direction pointée par Safi. Au milieu des feuilles les plus hautes du plus grand des arbres du parc, celui qui dominait tous les immeubles environnants, étaient attachés deux hamacs gris-brun. Gênée par les derniers rayons du soleil, elle mit sa main en visière. Il lui sembla que les couchages étaient faits dans une toile grossière. Elle ne les aurait jamais remarqués si l'on n'avait pas guidé son regard.

– Nous les avons fabriqués avec les voiles d'un bateau qui s'est échoué sur les bords de Seine, lui expliqua Anastasia. Avant ça, nous avions utilisé les rideaux d'un théâtre qui avait brûlé, mais les voiles, c'est mieux. La toile est très solide, surtout si on coud deux épaisseurs ensemble. Nous l'avons teinte avec de l'encre d'encornet.

Le visage de la jeune fille irradiait de fierté, comme si elle avait fait visiter à Sophie son domaine à la campagne.

– On utilise des sacs de jute en guise de couvertures. Il en faut seulement six ou sept pour avoir bien chaud. En été, nous n'en avons pas besoin, du coup nous les cachons sur le toit de l'Opéra pour que personne ne nous les vole.

– Qui voudrait voler un sac de jute vide ?

Anastasia prit un air outré.

– Des tas de gens. Moi, par exemple. Les sacs sont précieux.

Les hamacs se balançaient nonchalamment dans la brise. Ils avaient l'air fabuleusement confortables. Le cœur de Sophie se serra d'envie.

– Tu vois, poursuivit Anastasia, Matteo, c'est un garçon des toits. Tandis que nous, on se débrouille mieux dans les arbres. On nous appelle les *singes* – parce que nous nous accrochons aux branches. Et ceux qui vivent sur les toits des gares, eh bien, ce sont les *cerbères*.

Son visage se crispa.

– Les *cerbères*… Ils ne sont pas fréquentables, ceux-là. Ils volent, ils trichent, ils se battent.

– Ils se battent avec qui ?

– Les gens. Ils se battent même entre eux à l'occasion. Matteo a reçu un coup de couteau une fois. Mais ils sont comme nous, malgré tout.

– C'est-à-dire ?

– Ce sont des *danseurs du ciel*, eux aussi. Le ciel est leur maison. C'est comme ça qu'on appelle tous les enfants qui vivent dehors, mais qui ne sont pas des sans-abri. Pas ceux qui vivent dans la rue : ceux-là sont simplement des enfants perdus, ils ont moins de chance. La rue, ça ne peut pas être un foyer, parce que d'autres gens l'utilisent, en permanence, et qu'un foyer, ça doit rester privé. Les arbres sont notre foyer, à Safi et à moi. Nous sommes nous aussi des danseurs du ciel, tu comprends ?

– Mais pourquoi vivez-vous comme ça ? Je veux dire, j'aime beaucoup vos hamacs, mais comment faites-vous pour vous protéger de la pluie ? Et pour vous nourrir ? Vous laver ? Et… pour aller aux toilettes ? Ça doit être compliqué.

Anastasia laissa glisser son regard de Sophie à l'étendue du ciel. Les volets de son visage se fermèrent brusquement.

– On préfère cette vie-là, tu sais. Personne ne peut nous enfermer à clé dans un arbre.

Sophie n'était pas idiote. Elle changea aussitôt de sujet.

– Donc je vais devoir tacher mon chandail, avant d'y aller ?

Safi jeta un coup d'œil en direction des dernières lueurs du ciel, puis secoua la tête. Elle fit un geste vers sa poitrine, et Anastasia acquiesça.

– Safi dit que ce ne sera pas nécessaire. Nous n'avons plus le temps pour ça. Si tu veux venir avec nous, tu n'as qu'à enfiler son pull de rechange. Elle le garde dans le chêne, près de la statue de Napoléon.

– Ce chêne-là ?

C'était un véritable colosse, au tronc monstrueusement large.

– Elle est capable d'escalader cet arbre-là ?

– Oui. Et moi aussi. Je cache une écharpe et des gants dans un trou du cèdre, un peu plus loin. Nous éparpillons nos affaires. Tous les danseurs du ciel le font. De cette façon, si on nous vole quelque chose, il nous reste toujours autre chose ailleurs.

Elle examina de nouveau le chandail de Sophie.

– Le pull de Safi est gris. Du gris, ce sera mieux. Là où on va, tout est très gris.

– Merci, dit Sophie.

Elle jeta un regard sceptique à la joue sale de Safi.

– Tu es sûre ? Je veux dire, c'est très gentil à toi.

– Safi va aller le chercher tout de suite, confirma Anastasia.

Les deux sœurs semblaient pourtant attendre quelque chose.

– Tu dois lui donner ton chandail, en échange, ajouta Anastasia.

– Oh !

Sophie rougit jusqu'aux oreilles et commença à retirer son pull.

– Oui, bien sûr, murmura-t-elle, la voix étouffée par la laine. Désolée.

Tandis que Safi s'éloignait en courant, le pull-over crème en boule dans les bras, Sophie prit enfin son courage à deux mains et demanda :

– Elle ne parle pas ?

– Bien sûr que si, parfois. Mais pas devant les autres.

Sophie fit mine de comprendre.

– Est-ce qu'elle a toujours été comme ça ?

Anastasia eut l'air de se demander un instant si la question était insultante.

– Nous, les danseurs du ciel, répondit-elle finalement, nous sommes différents. Je suppose qu'on devient bizarres avec le temps, même si nous ne l'étions pas à la naissance.

Sophie trouva cela cohérent. Elle s'était déjà fait ce genre de réflexion.

– Oui, dit-elle, même si je crois plutôt que chacun naît avec une part de bizarrerie en soi. La question, c'est de savoir si on décide ou pas de la garder.

– Peut-être. Oui. Je suis assez d'accord.

Elles observèrent Safi depuis leur banc. Celle-ci regarda autour d'elle, puis s'élança à l'assaut du chêne. Il n'y avait pas de branches basses, mais elle se servit de ses genoux et de ses ongles pour grimper. Dix secondes plus tard, elle avait disparu au milieu du feuillage.

Toutes ces révélations avaient donné le tournis à Sophie.

– Comment a-t-elle fait ça ? demanda-t-elle.

– L'entraînement, répondit Anastasia.

Il faisait presque totalement nuit à présent. Sophie grelottait. Elle enroula ses bras autour de ses genoux. Cela semblait un bon moment pour poser des questions.

– Anastasia ? commença-t-elle. Pourquoi devrais-je porter un chandail gris ? Où va-t-on ?

– Matteo ne t'a rien dit ?

214

– Non. Il ne me dit pas grand-chose. Il est tellement secret.

– Ne m'en parle pas ! Safi aussi. Ils sont comme des chats, tu ne trouves pas ? Nous allons rendre visite à quelqu'un. Un guerrier. Pour aller à la gare, nous devons être en force, tu comprends ?

– Et ces… cette personne, elle vit près du fleuve ?

– Pourquoi ?

– Matteo m'a demandé si je savais nager.

– Ah ! Eh bien, celui qu'on va voir ne sait pas nager, et il a tout le temps besoin d'argent.

– Et où va-t-on le trouver, cet argent ? En quoi est-ce important qu'il ne sache pas nager ?

– Tu verras. Je crois que Matteo ne voudrait pas que je te le dise.

– Est-ce qu'il fait la manche, ce garçon qui a besoin d'argent ? J'ai vu des enfants des rues faire ce genre de chose.

– Bien sûr que non ! s'emporta Anastasia.

Elle foudroya Sophie du regard, puis s'écarta de quelques centimètres.

– Je te l'ai dit, nous ne sommes pas des enfants des rues. Mendier, c'est ennuyeux et stupide et dangereux. Nous achetons notre nourriture, comme tout le monde. À des marchands ambulants, et la nuit, parce que…

Elle leva les mains. Celles-ci étaient là encore recouvertes d'épaisses callosités.

– Je suis reconnaissable à mes mains, tu comprends ? Et c'est dangereux d'être reconnaissable. Mais j'ai besoin de mains comme ça pour grimper. C'est un peu comme si je portais des gants. Et puis Safi ne s'approche jamais des marchands, elle.

– Pourquoi ? Quel est le problème avec les marchands ?

– Il n'y en a pas, répondit Anastasia. C'est juste que Safi est comme Matteo. Elle ne veut pas trop de contacts humains dans sa vie. Elle serait très contente s'il n'y avait qu'elle et moi.

Sophie connaissait ce sentiment. Mais avant qu'elle puisse dire quoi que ce soit, on lui tapota l'épaule. Safi se tenait debout derrière elle, un chiffon gris serré contre sa poitrine.

– Ne fais plus jamais ça, gronda Sophie. J'ai failli avaler ma langue en sursautant.

Anastasia se mit à rire. Même sa sœur eut un léger tressaillement des lèvres.

– Il faut y aller, reprit la première. Matteo est censé nous retrouver là-bas, une demi-heure après la tombée de la nuit.

– Mais où va-t-on ? demanda Sophie.

– Pas loin. Du côté du Pont-Neuf.

Anastasia prit sa main.

– Ça va te plaire. C'est magnifique ; c'est comme toi, en fait.

21

Le pont était effectivement magnifique, mais n'avait pas grand-chose en commun avec Sophie ; du moins, elle ne comprenait pas le rapprochement. Il se composait d'une série d'arches de pierre, qui prenaient une teinte dorée au crépuscule. Des visages d'un autre temps étaient sculptés le long de ses corniches.

– Regarde, dit Anastasia en les pointant du doigt. Ils nous attendaient.

Les trois filles dévalèrent une volée de marches et firent halte sous le pont. Pas de Matteo en vue.

– Il a bien dit qu'on se rejoindrait là ? demanda Sophie. Tu le vois ?

– Il est sûrement dans les parages, dit Anastasia.

Elle siffla, assez maladroitement, les mêmes notes que celles que Matteo avait sifflées sur la corde raide, puis toutes trois patientèrent. Toujours aucun signe du garçon.

– À ton tour, dit Anastasia. Il paraît que tu es douée.

Sophie essaya de retrouver la bonne inflexion des lèvres. Elle siffla, puis recommença plus fort, avec un son plus perçant.

– Encore, dit Anastasia.

Sophie s'exécuta et y mit tant d'énergie que, à la fin, elle n'émettait plus qu'un bourdonnement assourdissant. Elle était sur le point d'abandonner quand un bruit sourd retentit. Matteo apparut, longeant d'un pas rapide la balustrade du pont.

– Bonsoir ! *Hello* ! s'écria-t-il.

Il s'assit sur la rambarde et les interpella :

– Vous êtes prêtes ?

– Prêtes pour quoi ? Tu aurais pu m'expliquer, protesta Sophie. Et parle moins fort. Je ne veux pas me faire repérer.

– J'avais peur que tu ne viennes pas si je t'expliquais. Enlève tes chaussures.

– Pourquoi est-ce que je ne serais pas venue ? demanda Sophie tout en se penchant en avant pour défaire ses lacets.

– Parce que l'eau est glaciale, dit-il d'un ton désinvolte. C'est comme nager dans du givre. On va passer le fleuve au tamis.

– Passer le fleuve au tamis ? répéta Sophie en s'immobilisant, une chaussure à la main.

– On va plonger pour récupérer des pièces. Quand j'ai besoin d'argent, j'en ramasse sous les ponts, dans les zones peu profondes. Je trouve même des bagues de fiançailles, parfois. Les gens les jettent à l'eau. Ne me demande pas pourquoi, ajouta-t-il avec indifférence. Mais ça peut se revendre, ce genre de choses.

– Mais ces pièces, ce sont des vœux ! Tu voles les vœux des gens !

Matteo lui lança un regard de silex, propre à tailler du verre.

– S'ils ont de l'argent à gaspiller dans des vœux, alors ils n'ont pas autant besoin de ces vœux que moi de cet argent.

Sur quoi il se mit debout sur la rambarde, se dressa sur la pointe des pieds, puis disparut dans un plongeon parfaitement exécuté.

Sophie demeura au bord de l'eau et attendit. Moins de deux minutes plus tard, la tête de Matteo émergea. Il nagea jusqu'à elle et déversa une poignée de pièces à ses pieds.

– Tu as dit que tu savais nager, non ? Safi et Stasia ne savent pas, elles, en tout cas pas très bien.

– Oui, je sais nager. J'aurais hésité à te le dire si j'avais su pourquoi tu me posais la question.

Sophie s'accroupit. Le fleuve était bleu nuit, et les étoiles scintillaient à sa surface. Il s'en dégageait un certain mystère. Elle se pencha en avant jusqu'à apercevoir son reflet et se trouva en quelque sorte mystérieuse elle aussi, et à son grand étonnement, jolie. Elle trempa un doigt dans l'eau.

– Mon Dieu, Matteo !

L'eau était glaciale. Ses orteils se contractèrent en signe de protestation.

– Allez, viens ! insista le garçon. Il y a plein de pièces là-dedans. Et si on les laisse là, les *cerbères* vont les prendre.

Tandis que Sophie hésitait encore, il souffla :

– N'oublie pas d'enlever ton autre chaussure ! Et sans faire de bruit.

– J'allais le faire !

Elle ôta son soulier, son pantalon et son chandail, puis roula ses affaires en boule et les rangea dans un coin sous le pont, ne gardant que sa culotte et sa chemise. Elle lui adressa ensuite un regard furibond avant de plonger dans la Seine – avec quelques éclaboussures, mais non sans un certain brio, selon elle.

– Ah ! C'est gelé !

Sophie suffoqua et fut prise de haut-le-cœur tandis que l'eau l'étreignait. Elle but la tasse et recracha.

– Un vrai petit buffle d'eau ! se moqua Matteo qui nageait à ses côtés. Viens par là. Le courant a tendance à déplacer les pièces vers la gauche – par là. Continue de bouger, sinon ton cœur va s'arrêter.

Il plongea sous la surface et Sophie attendit qu'il remonte, tout en ne cessant d'agiter ses pieds gelés.

– Matteo ! dit-elle alors. Écoute-moi. Je t'aiderai, mais à condition que tu m'expliques quelque chose.

– Quoi ? Je suis en train de me transformer en glaçon, Sophie. Le moment est mal choisi.

– Ces garçons qui vivent au-dessus de la gare, qu'est-ce qui ne va pas chez eux ?

Matteo haussa les épaules, ce qui n'est pas facile à

faire lorsqu'on doit se maintenir à flot dans un cours d'eau.

– Ils sont sales, répondit-il.

Sophie se tut. Elle évita de regarder en direction des filles qui attendaient sur la rive, dans leurs haillons maculés de terre.

Matteo comprit pourtant où elle voulait en venir. Il lisait en elle comme dans un livre, pensa Sophie. C'était très agaçant.

– Il y a la bonne saleté et la mauvaise saleté, lui expliqua-t-il. Les *cerbères*, c'est de la mauvaise saleté.

– Et comment les distingue-t-on l'une de l'autre ? demanda Sophie.

– Je ne sais pas, répondit Matteo en fronçant les sourcils, comme à chaque fois qu'elle lui posait une question. Oh, et puis, *je m'en fous**.

Anastasia, qui avait dû les écouter depuis la rive, intervint :

– D'après moi, la bonne saleté, c'est la terre. Et la poussière des toits.

Safi fit un geste et sa sœur ajouta :

– Et la poussière des arbres aussi.

– Et le sable qui reste sur la main lorsqu'on la fait glisser sur la rambarde d'un pont en pierre, dit Matteo. La mauvaise saleté, c'est le sang séché.

– Et les égouts, continua Anastasia. Et la fumée des cheminées les mauvais jours.

Sophie l'avait déjà appris à ses dépens. La fumée de cheminée pouvait effectivement vous brûler les narines.

– La plupart du temps, ce n'est pas un problème, poursuivit Anastasia, mais quand le vent est trop faible et qu'il y a de l'humidité, l'air s'imprègne de fumée et on en a plein la figure.

Sophie s'en était rendu compte. Elle avait aussi remarqué que Matteo se curait le nez plus fréquemment que la majorité des gens; et que les jours de smog, la morve était noire.

– Et la graisse de pigeon, ajouta Anastasia. La graisse de pigeon, c'est de la mauvaise saleté.

– *Non!* protesta Matteo, avant de s'éloigner à la nage. Non, la graisse de pigeon, c'est de la bonne saleté.

Anastasia et Sophie échangèrent un regard lourd de sens.

– En toute petite quantité, si tu veux, ça va encore. Mais dès qu'il y en a plus, tu te mets à puer comme une blessure ouverte. De toute façon, ce n'est pas seulement une question de crasse. Les *cerbères* sont vicieux. Ils se comportent comme des animaux.

Sophie réfléchit à cette dernière remarque. Le carac-tère animal de Matteo l'avait toujours frappée : le gar-çon lui faisait penser à un chat, ou à un renard. Quant à Anastasia et Safi, elles se mouvaient et se balançaient avec l'agilité des singes.

– Et c'est mal ? D'être comme des animaux ?

– Ils sont comme des chiens, dit Anastasia. Tu as déjà vu un chien enragé ? Ils ont la cruauté au fond des yeux.

– Et est-ce qu'ils… mordent ?

Elle s'attendait à voir les deux filles lui rire au nez,

mais celles-ci se contentèrent de la regarder fixement. Personne ne bougeait, ni ne souriait.

Finalement, Safi hocha la tête, tandis que Matteo réapparaissait à la surface, haletant.

– Oui, dit-il. Ils mordent. Viens par là maintenant. Avant que mes dents ne gèlent.

Le courant étant très faible, ils nageaient sans difficulté, mais la Seine demeurait trouble et, dans l'obscurité, les reflets du cuivre étaient presque impossibles à repérer. Sophie tâtonna au fond de l'eau et ramassa ce qu'elle put. Matteo et elle plongèrent ainsi six ou sept fois, rejoignant le bord dès qu'ils avaient récupéré une poignée de pièces. Sophie constata avec satisfaction que son tas était deux fois plus gros que celui du garçon.

– C'est à cause des cales sur mes doigts, expliqua-t-il, tandis que Sophie et Anastasia échangeaient un nouveau regard. J'ai du mal à faire la différence entre une pièce et une pierre.

– Mais bien sûr, dit Sophie. Ça doit être pour ça.

Anastasia compta leur butin, qui s'élevait à trois francs. Matteo décréta que c'était suffisant, et Sophie et lui firent la course jusqu'à la rive. Elle était plus rapide, mais il l'attrapa pour lui faire boire la tasse au moment où elle s'apprêtait à toucher le bord.

– Tricheur !

Elle sortit la tête de l'eau en crachant.

– Tu n'es qu'un sale tricheur.

– La triche, ça n'existe pas chez les gens qui vivent

sur les toits, dit Matteo. Vivre ou mourir, il n'y a rien d'autre.

— De toute façon, ce n'est pas de la triche, trancha Anastasia. C'est du combat. Le combat vaut mieux que la triche.

Elle hissa Sophie hors de l'eau et lui tendit un carré de chocolat.

Matteo, lui, resta dans le fleuve, où il mangea en faisant du surplace.

— Merci, dit Sophie d'une voix éraillée. La natation me donne toujours soif. Vous croyez que je peux boire l'eau de la Seine ?

— Surtout pas ! s'écria Anastasia. Tu risquerais d'attraper la maladie des rats. Même Matteo ne la boit pas, et Dieu sait qu'il est immunisé contre presque tout. Il y aura de l'eau à la cathédrale.

— À la cathédrale ?

Sophie enfila en vitesse son chandail d'emprunt et fourra ses pieds mouillés dans ses chaussures.

— Quelle cathédrale ?

— *La* cathédrale, bien sûr. Matteo nous retrouvera là-bas.

— Il nous retrouvera là-bas ? Mais il est…

Sophie tourna alors rapidement la tête. Le garçon avait disparu.

— Il est comme ça, ajouta Anastasia. Il préfère passer par le fleuve, puis par les arbres. Il se changera en route.

Safi s'approcha en silence. Elle caressa les cheveux de Sophie, dignes d'un épouvantail, et ôta les plantes aquatiques qui s'y étaient accrochées. Elle ramassa ensuite l'écharpe de la nageuse et la lui enroula autour de la tête.

– Oh! dit Sophie. J'ai failli oublier pour mes cheveux.

Une bouffée de terreur l'envahit, et elle tira sur l'étoffe jusqu'à couvrir totalement ses oreilles.

– Ce que je peux être bête. Merci.

Safi sourit, puis s'empourpra d'un seul coup. Elle monta l'escalier comme une flèche avant de s'enfoncer dans le feuillage d'un des arbres qui longeaient le trottoir.

– Est-ce que ça va aller pour elle? s'inquiéta Sophie.

Anastasia rassembla les pièces de monnaie et les glissa dans ses poches.

– Mais oui. Elle va passer par les arbres, elle aussi. Allez. Si on marche assez vite, tu seras sèche en arrivant à Notre-Dame. La première en haut des marches a gagné!

22

Parmi les endroits les plus propices à la discussion, les rues pavées, la nuit, figurent en bonne place. Les deux filles marchaient vite pour éviter que Sophie n'attrape froid. Anastasia fredonnait à voix basse. Sophie attendit d'être sûre que Matteo n'était plus dans les parages avant de prendre la parole.

— Anastasia ? Si je te pose une question à propos de Matteo, pourrais-tu ne pas lui en parler ?

— Peut-être. Probablement. J'essaierai en tout cas. Que veux-tu savoir ?

— C'est à propos des… *cerbères* ? Les garçons de la gare. Pourquoi Matteo les déteste-t-il ? Son visage se ferme dès qu'il parle d'eux.

— Oh. Si tu ne le sais pas, je ne suis pas sûre de pouvoir te le dire.

— S'il te plaît. Ça me fait peur. Il devient si sombre.

Elles passèrent devant des grilles en fer, et Anastasia promena ses ongles sur les barreaux, les faisant tinter de façon mélodieuse.

— Il y a eu une bagarre. Il y a quelques années. Les *cerbères* ne voulaient personne sur leurs toits. Safi et moi, nous nous en fichions, et nous sommes parties dans les arbres. Les arbres, c'est mieux. Mais Matteo, il adore vivre là-haut. Les toits, c'est…

Elle s'arrêta et fit une grimace.

– Ah, et puis non ! Ça va te sembler trop poétique.

– Dis-le quand même.

– C'est tout ce qu'il possède, poursuivit Anastasia en rougissant. Désolée. Alors, il ne pouvait pas y renoncer.

– Que s'est-il passé ?

– Personne n'est sorti vainqueur. Il y a eu des blessés… des morsures…

– Des blessés ?

Sophie posa un regard insistant sur Anastasia, qui détourna les yeux.

– Des morsures ?

– Matteo a perdu un bout de doigt. Un des *cerbères* une main. Et tu as vu le ventre de Matteo ? Sa cicatrice ?

– Il m'a dit qu'il était tombé sur une girouette !

– Oh ! Eh bien, il t'a menti. Il a failli y passer. Il a été contraint d'aller à l'orphelinat pour se faire soigner. Tu étais au courant, non ? Et maintenant, il ne s'approche jamais de la gare, et ne descend jamais dans la rue.

Anastasia s'immobilisa soudain et saisit le bras de Sophie.

– Stop. On est presque arrivées. Matteo ne doit pas être loin.

Son visage était fébrile sous la lumière des étoiles. Elle se mordit la lèvre.

– Ne lui dis pas que je t'ai raconté tout ça, promis ?

– Promis, répondit Sophie, distraite par les lieux qu'elle découvrait.

Devant elles, un grand édifice blanc se dressait dans le ciel nocturne, aussi majestueux qu'une divinité.

– Qu'est-ce que c'est ? demanda-t-elle. Où sommes-nous ?

– À Notre-Dame, bien sûr ! Et Matteo est dans cet arbre, tu le vois ? Près de la porte.

Sophie ne voyait rien du tout, si ce n'était Safi au pied de l'arbre, les yeux levés vers le feuillage. Le parvis était désert.

– Allons-y, dit Anastasia.

La cathédrale Notre-Dame fut aussi pénible à escalader qu'elle était belle à regarder. Son ascension leur prit deux fois plus de temps que Sophie ne l'avait imaginé.

Matteo ouvrit le passage, suivi par Safi. Tous deux semblaient connaître les lieux aussi bien que Sophie connaissait sa maison à Londres. Ils trouvaient les bonnes prises sur la pierre sans une seconde d'hésitation. Sophie progressait quant à elle plus lentement. Anastasia assurait ses arrières, lui indiquant où s'accrocher et guidant ses pieds quand elle restait coincée.

En matière d'équilibre, Sophie était à présent plus agile. Ses plantes de pied n'étaient pas encore suffisamment calleuses pour se mesurer à la pierre, et ses orteils saignaient un peu, mais elle était déterminée à ne pas pleurnicher devant les danseurs du ciel. Ils n'étaient pas, se dit-elle, du genre à pleurnicher. Elle se frictionna les pieds et les mains avec de la salive, et se mordit si fort l'intérieur de la bouche qu'à mi-parcours sa joue était toute gonflée. Elle manqua glisser à deux reprises, mais personne ne sembla s'en rendre compte.

Pour la plupart des choses de la vie, songea Sophie, *on peut se fier à son instinct. La maîtrise de l'équilibre, au contraire, exige quelques connaissances. Il s'agit en l'occurrence de localiser son centre de gravité.* Sophie le découvrit quelque part entre son estomac et ses reins, telle une pépite d'or perdue dans la masse brune de ses entrailles. La recherche de ce point est ardue, mais une fois qu'on l'a identifié, c'est comme un marque-page placé au milieu d'un livre : un endroit facile à retrouver. L'équilibre est aussi une affaire de pensée. Sophie essaya de penser à sa mère et à la musique, plutôt qu'aux risques de chute sur le pavé.

Paris reposait, silencieuse, sous leurs pieds. De là où Sophie se trouvait, agrippée au cou d'un saint de pierre, la ville était un vague îlot argenté, fendu du trait rouille et or que dessinait la Seine dans la lumière des réverbères.

– C'est magnifique, dit-elle. Je ne m'étais pas rendu compte que le fleuve était si beau !

– Oui… dit Anastasia, l'air décontenancé, c'est… marron, surtout.

Arrivées à la base de l'une des deux tours carrées de la cathédrale, elles découvrirent Matteo et Safi, perchés l'un à côté de l'autre, et jouant au morpion sur l'ardoise à l'aide de leurs ongles. À les voir, on aurait dit qu'ils venaient de tranquillement gravir les marches d'un escalier.

— Match nul, conclut Matteo avant de gratter la pierre pour effacer toute trace de leur passage. Sophie, tu peux siffler ? Nous devons appeler Gérard.

— Oui, bien sûr.

Ils attendirent qu'elle se lance. Elle semblait gênée.

— Euh… L'air que tu as sifflé pour les oiseaux ?

— Oui. Bien fort, le plus fort possible. Au cas où il se serait endormi.

Sophie siffla donc les trois notes qu'elle avait entendues sur la corde raide. Un silence s'ensuivit, puis les mêmes notes résonnèrent en retour, plus longues et plus profondes.

— C'était l'écho ?

— Non.

Matteo mit ses deux mains en coupe devant sa bouche et émit à son tour deux hululements de chouette.

— C'était Gérard.

Brusquement, au-dessus de leurs têtes, au niveau du clocher, une petite avalanche de poussière se produisit, et un garçon fit son apparition. Il descendit jusqu'à eux en se balançant d'une main à l'autre, ses pieds trouvant appui à l'intérieur des gueules béantes des gargouilles. Il termina son entrée par un saut périlleux, pour atterrir nez à nez avec Sophie.

— Bonsoir, dit-il.

Ses traits étaient plus enfantins que ceux de Matteo, mais ses jambes étaient si longues qu'il les dominait tous d'une bonne tête. Il était aussi tellement maigre qu'elle aurait pu le briser en deux, pensa Sophie, d'une seule main. Il n'avait pas vraiment la carrure d'un guerrier.

– Salut, Gérard, dit Matteo. On a besoin de tes services.

Le garçon fit un grand sourire.

– Oui. Je sais. Anastasia m'a envoyé un signal.

Il portait une veste moisie, dévorée par les charançons, qui semblait avoir été fabriquée par ses soins à partir de différents paillassons. Sophie la lui envia dès le premier coup d'œil.

– Bonsoir, dit-elle. Moi, c'est Sophie.

– Oui. Ça aussi, je sais.

Il s'exprimait d'une voix hésitante, mais elle lui trouva une bonne tête. Ses yeux étaient pleins de douceur, et surmontés de sourcils aussi épais que des brosses à chaussures.

– Tu as besoin d'aller à la gare, c'est ça ?

Il semblait vraiment peu sûr de lui. De toute évidence, pensa Sophie, ce garçon était trop poli pour bien se débrouiller dans la vie.

– Vous m'avez… apporté quelque chose ? poursuivit-il.

– Oui, dit Anastasia. Bien sûr.

Sur ces mots, elle déversa les pièces de monnaie encore humides dans les mains tendues de Gérard.

– Merci ! Tu savais que les bougies de la cathédrale étaient à vingt centimes maintenant ? C'est fou !

– Mais tu ne pourrais pas tout simplement… te servir ? demanda Sophie. Si tu en as besoin ? Je suis sûre que ça ne les dérangerait pas plus que ça.

– Non ! On ne vole pas dans une église ! C'est un péché.

– Comment t'éclaires-tu, alors ? Quand tu ne peux pas acheter de bougies ?

– Je reste dans le noir, la plupart du temps. Les yeux s'habituent à l'obscurité. Bien que ça demande du talent. Sinon, il m'arrive de placer un linge imbibé d'huile dans une boîte de conserve, puis d'y mettre le feu.

– Cela implique d'avoir du linge, dit Anastasia.

– Et de l'huile, ajouta Matteo.

Gérard se mit à rire, d'un rire non assumé, coupable.

– Bon. Nous allons à la gare, donc ? Pour se battre, c'est ça ?

– Peut-être, dit Anastasia. Mais avec un peu de chance, ce sera juste pour écouter.

Elle se retourna vers Sophie.

– Gérard est doué pour écouter.

Matteo n'eut pas l'air jaloux. Il fut même le premier à acquiescer :

– C'est vrai, savoir écouter est un talent rare. Un talent qu'ont les animaux. La plupart des gens croient l'avoir, mais ils se trompent.

– Je peux entendre un élève jouer de l'harmonica dans une classe en contrebas de la Seine, affirma Gérard.

– C'est impossible ! dit Sophie.

– Pas impossible, dit le garçon. Juste exceptionnel.

Chuchoter était impoli, mais en entendant cela, Sophie ne put s'en empêcher. Elle prit Anastasia à l'écart, plaça ses mains autour de son oreille et murmura :

– Est-ce qu'il dit vrai ? Ou bien est-ce qu'il se vante ?

C'est *tellement* important. Est-ce qu'il comprend à quel point c'est important ?

Gérard rit de nouveau. Sophie n'en était pas certaine, à cause de l'obscurité, mais il lui sembla même qu'il rougissait.

— Oui, *il* dit vrai, la rassura-t-il. Et oui, *il* sait combien c'est important pour toi. Les murmures, ça ne marche pas avec moi. Je n'ai pas demandé à naître comme ça. Si tu savais, ça m'empêche de dormir, parfois. Je suis obligé de mettre des glands dans mes oreilles. C'est la stricte vérité. Le fait de vivre sur une église doit y être pour quelque chose.

— Il chante, aussi, dit Anastasia. Il travaille les chansons de la chorale chaque nuit, quand tout le monde est parti. Mais attention, il ne chante pas comme n'importe qui. Avec lui, c'est comme les premières neiges. Fredonne-nous quelque chose, Gérard.

Gérard fronça le nez.

— Non.

Safi se frappa la poitrine puis tendit la main vers lui. Elle inclina la tête.

— S'il te plaît, Gérard, dit Sophie. Une seule chanson. Pour nous porter chance.

— Bon, d'accord, céda le garçon. Si vous insistez. Une *demi*-chanson.

Il regarda autour de lui, puis lécha son doigt afin de déterminer le sens du vent. Il s'éclaircit la voix.

Les premières notes qui s'échappèrent de ses lèvres furent si limpides et si douces que Sophie sentit des frissons lui chatouiller le cuir chevelu puis lui traverser tout le corps jusqu'aux orteils. C'était une chanson en français, mais certainement pas un cantique. Cela donnait envie de retrousser ses jupes et de se mettre à danser avec ceux qu'on aimait. Sophie, elle, eut envie de faire des pirouettes et, plus que jamais, de retrouver sa mère. Cette envie-là lui faisait mal.

Tous demeurèrent muets quand Gérard s'arrêta. Même la Seine semblait réduite au silence.

Puis, d'une même voix, Sophie et Anastasia acclamèrent le chanteur, applaudissant et tapant du pied sur le toit de la cathédrale. Safi laissa elle aussi filtrer un cri de joie. C'était le premier son que Sophie entendait venant d'elle.

Un raclement de gorge les fit taire.

– Si vous n'aviez pas fait un boucan à réveiller les saints, les réprimanda Matteo, vous auriez su que la cloche avait sonné minuit. Il faut se remettre en route si on veut être à la gare à deux heures.

– Pourquoi deux heures ? demanda Gérard. Ce n'est pas une bonne heure pour les *cerbères*. On devrait y aller plus tard.

– C'est à deux heures que Sophie a entendu la musique l'autre nuit, grogna Matteo. Je sais que ce n'est pas grand-chose, mais c'est toujours mieux que rien.

– C'est une possibilité, chuchota Sophie, seulement pour elle-même. Il ne faut jamais négliger une possibilité.

23

Il était presque deux heures du matin lorsqu'ils arrivèrent dans le quartier de la gare. Le niveau des toits avait baissé à mesure qu'ils s'étaient éloignés de Notre-Dame, et la petite troupe accompagnant Sophie était désormais nerveuse et angoissée.

À deux reprises, ils durent franchir l'espace considérable que constituait une route entre deux immeubles. Matteo, Gérard et Safi sautèrent d'un cèdre à un lampadaire et se balancèrent sans effort jusqu'à la gouttière du bâtiment opposé. Anastasia et Sophie, elles, se laissèrent glisser le long du bâtiment, traversèrent la route en courant, puis les rejoignirent. Malgré les prises régulières que l'on peut trouver le long du tuyau, il n'y a rien de tel que l'escalade d'une gouttière en pleine nuit pour vous rappeler combien l'obscurité peut être… obscure.

Les cinq enfants firent bientôt halte sur le toit d'une école. Les quatre danseurs du ciel, sur le qui-vive, s'assirent en formant un carré, le regard tourné vers tous les coins de la ville. Sophie s'installa légèrement à l'écart. Elle retint son souffle, et pria, dans un murmure :

– Je vous en supplie. Je vous en supplie, faites que je la trouve.

Son cœur battait si fort qu'il aurait pu se briser, mais ses mots, eux, lui semblèrent dérisoires dans la nuit profonde. Elle serra les poings et s'assit dessus.

Une heure s'écoula. Sophie commença à s'impatienter. Aucun de ses compagnons n'avait prononcé un seul mot, ni bougé un seul muscle.

Finalement, elle chuchota :

– Je peux vous poser une question, à vous tous ?

Matteo grogna. Gérard répondit :

– Bien sûr. Laquelle ?

– Que se passe-t-il quand les enfants des toits grandissent ?

– Oh ! s'étonna Matteo. J'ai cru un instant que tu allais demander comment on se débrouillait pour aller aux toilettes.

– La plupart retournent dans la rue, expliqua Gérard, où ils continuent de mener une vie plutôt sauvage. C'est plus facile de vivre à la sauvage quand on est adulte.

Anastasia fit une moue de dédain digne de Cléopâtre.

– En particulier, dit-elle, quand on a la chance d'être un garçon.

– Et est-ce qu'il y avait d'autres enfants avant vous ? demanda Sophie. Sur les toits, je veux dire ?

– Non, répondit Anastasia.

– Oui, répondit Matteo simultanément. Oui. Je crois que oui. Regarde. J'ai trouvé ça sur le mien, quand j'y suis monté la première fois.

Il sortit alors de sa poche un petit couteau dont le manche était décoré et pesait visiblement lourd.

– Tu vois ce manche ? Il a l'air d'avoir au moins cent ans.

Des doigts y avaient laissé une nette empreinte. La main qui avait tenu ce couteau était plus petite que celle de Sophie.

– À qui appartenait-il, à ton avis ?

– À un gamin, sûrement, répondit Matteo. Un gamin intelligent. Je l'ai découvert enveloppé dans de la corde. La corde est le meilleur endroit pour ranger un couteau. Très peu de gens savent ça.

– Tu n'as pas eu envie de partir à sa recherche ?

– Sophie aurait essayé, à sa place.

– Personne n'a cherché à récupérer le couteau ?

– Non. Il était recouvert d'un centimètre de rouille. Il devait être là depuis une éternité.

– Qu'est-ce qui est arrivé à son propriétaire, d'après toi ?

Elle vit se hausser les épaules de Matteo dans l'obscurité.

– Peut-être qu'il s'est fait attraper. Ou qu'il est parti vers le sud. Il fait plus chaud là-bas, et c'est moins peuplé.

– Combien êtes-vous, à ton avis ? D'enfants à vivre sur les toits ?

– Je dirais plus de dix, intervint Gérard. Et moins de cent.

Les filles acquiescèrent. Safi tendit ses dix doigts, ferma les poings, les rouvrit.

– Oui, ça doit être ça, dit Anastasia. Environ vingt ou

trente. J'aperçois des ombres parfois. Je suis presque certaine qu'il y a quelqu'un qui a élu domicile sur le Louvre.

Ils replongèrent dans le silence. Deux heures s'écoulèrent. Sophie demeura tout du long assise, l'oreille aux aguets, dans la plus grande concentration.

Aucun *cerbère* ne vint. Aucune note de musique ne résonna dans l'obscurité. Vers cinq heures du matin, Sophie était gelée et épuisée à en pleurer.

– Nous devrions y aller, finit par dire Matteo.

Il s'agenouilla et épousseta l'arrière de son pantalon.

– Le soleil va se lever, ajouta-t-il en se redressant.

– Attends ! dit brusquement Gérard en le faisant se rasseoir. Une seconde ! Écoute !

– Du violoncelle ?

Sophie émergea en sursaut de sa torpeur et serra les poings.

– Ce sont les *cerbères* ou la musique ? C'est elle ? Vous l'entendez jouer ?

– Non, ni l'un ni l'autre. Mais écoute.

Un grand calme régnait sur le toit. Au loin, vers le bas de la rue, un bruit retentit : peut-être un cheval, ou quelqu'un qui toussait, ou encore rien du tout. Puis un nuage apparut, un nuage gris, qui tournoya et fila dans le ciel.

– Des oiseaux, souffla Anastasia.

– Des étourneaux, dit Sophie.

Soudain, ils furent partout. Il y en avait cinq cents, peut-être mille. Les volatiles battaient des ailes en bourdonnant, et fondaient sur leurs têtes avec inconscience,

comme si les enfants n'avaient été que de simples cheminées.

– Ça ressemble à un ballet ! s'exclama Sophie.

– Peut-être, dit Matteo. Je n'ai jamais vu de ballet.
Mais ça ressemble surtout à une nuée d'oiseaux.

– Comment appelle-t-on un groupe d'étourneaux ?
murmura Sophie.

– On les appelle des étourneaux, voyons ! dit Anastasia. Je ne comprends pas ta question.

– Eh bien, un groupe d'abeilles s'appelle aussi un
essaim. Un groupe de fourmis une colonie.

– Oh. Je vois. Mais pour les étourneaux, je ne sais pas.

– Un ballet d'étourneaux, alors, décida Sophie.

Ils avaient prononcé ces mots sans bouger le moindre
muscle, pas même leurs lèvres. Les oiseaux décrivaient
des cercles autour d'eux et descendaient en piqué, les
enfants retenant chaque fois leur souffle. Sophie, elle,
ne pouvait s'empêcher de vibrer. Ce moment était une
fête, un festival, un miracle. Cela ressemblait à un présage. Son cœur était en feu, et prêt à exploser.

– Une armée d'étourneaux, dit Matteo.

– Une tornade d'étourneaux, dit Gérard.

– Une avalanche d'étourneaux, dit Sophie.

– Une fontaine d'étourneaux, dit Anastasia. Une
giboulée d'étourneaux.

Les garçons pouffèrent, mais Sophie déclara :

– Oui ! Ça me plaît. Ou encore : un orchestre d'étourneaux.

– Un toit d'étourneaux, conclut Matteo.

24

Ils rentrèrent sans se presser. Le grondement de l'adrénaline s'était tu pour faire place au silence, et Sophie se sentait tout simplement exténuée. Ils suivirent un itinéraire différent, en file indienne, Matteo ouvrant la marche et Safi la fermant. Personne n'était d'humeur à parler.

Parvenus à la cathédrale, Matteo et Sophie abandonnèrent les deux filles et Gérard pour se diriger seuls de nouveau vers le nord. Sophie demanda alors :

– Matteo ? Juste par curiosité, vous faites *comment* pour les toilettes ?

– On utilise les gouttières, répondit-il, sans donner plus de détails.

Sophie se mit à rire et regarda autour d'elle. Les immeubles avaient désormais un aspect familier. Et pourtant…

– Ce n'est pas la rue de mon hôtel, ça. Matteo ? Où sommes-nous ?

Le garçon semblait à moitié assommé.

– Près de la Seine.

Il tenta de se réveiller.

– C'est un raccourci. Nous ne sommes plus très loin. Encore dix minutes.

– Mais cet immeuble… Il me rappelle quelque chose.

– C'est la préfecture de police. Tu devrais le savoir. Tu es déjà venue deux fois, non ?

– Nous sommes sur le toit de la préfecture de police ? répéta-t-elle.

– Oui, répondit-il, l'air consterné. On est sur le toit !

– Dans combien de temps se lève le soleil ?

Du bout des lèvres, Matteo compta les dernières étoiles.

– Une demi-heure. Peut-être quarante minutes.

– Et les archives de la ville sont conservées au dernier étage de ce même bâtiment, c'est bien ça ?

– Aucune idée.

– Eh bien, moi, je le sais. On pourrait… jeter un coup d'œil ? Simplement à travers la fenêtre ?

– Si c'est ce que tu veux.

Elle lui attrapa le poignet pour retenir son attention.

– Mais c'est possible, à ton avis ? Comment va-t-on pouvoir faire ça ?

– Tu vas devoir t'allonger sur le ventre et je maintiendrai tes jambes pendant que tu te pencheras dans le vide.

– Et tu ne risques pas… de me lâcher ?

– Ne t'inquiète pas, répondit-il, ce qui n'était pas, selon Sophie, une réponse à proprement parler.

– Reste à espérer qu'il n'y ait pas de rideaux dans tes archives.

Si Matteo disait qu'elle n'avait pas à s'inquiéter, Sophie le croyait.

Elle s'allongea donc sur le ventre et rampa jusqu'au bord du toit.

– Tu me tiens ? Tu me tiens bien, n'est-ce pas ?

Elle se pencha ensuite progressivement dans le vide, s'agrippant aux briques, mais elle n'arriva pas pour autant à distinguer l'intérieur du bâtiment. La fenêtre du dernier étage était légèrement trop basse. Sophie s'interdit de regarder au-delà.

– Laisse-moi me pencher un peu plus, dit-elle tandis que le sang lui affluait à la tête. Encore !

Cela n'allait toujours pas. La fenêtre était hors d'atteinte.

– Fais-moi remonter, maintenant. Vite, s'il te plaît.

Matteo grogna, et tira. Tandis qu'il la hissait de nouveau sur le toit, Sophie s'écorcha le menton contre le mur de briques. Une fois en position assise, elle passa ses doigts dessus. Elle saignait.

– Mince, chuchota-t-elle.

Matteo sortit un bout de tissu de sa poche.

– Crache là-dessus et nettoie la plaie. Sinon, des particules de brique vont rester à l'intérieur. Ça pourrait s'infecter.

– Merci.

Elle avait à peine prononcé ces mots que le garçon était déjà allongé sur le ventre, la tête dans le vide, pour examiner à son tour le problème. Après quelques secondes de silence, ses pieds se mirent à tambouriner sur le toit. Ce qui, en langage des pieds, signifie une grande excitation.

Il finit par se redresser.

– Tu as raison, conclut-il. C'est trop loin si l'on ne fait que se pencher. Et si je te retenais plutôt par les chevilles ?

– Quoi ? Non !

– Et pourquoi pas ? Je te tiendrai bien, je le jure. Je suis costaud, tu sais.

– Oui, mais par les chevilles !

– Je ne vois pas d'autre solution. Tu veux jeter un œil, non ?

– Oui.

À ce moment précis, la terreur s'immisça sous la peau de Sophie. La démangeaison était telle qu'elle avait l'impression de porter un costume en papier de verre. Mais abandonner si près du but n'était pas envisageable.

– D'accord, dit-elle. Mais assure-toi que tes mains ne sont pas trop moites. Je ne veux pas mourir la tête en bas, non merci.

Sans attendre, elle se remit en position et Matteo lui attrapa les pieds. Il serrait ses chevilles tellement fort qu'il lui coupait la circulation.

– Je te descends, dit-il.

Il la fit glisser vers l'avant, de sorte qu'elle ne toucha bientôt plus le toit qu'avec ses genoux. Puis il poussa davantage, et seuls les orteils de Sophie furent encore en contact avec le parapet. Sentant trembler les muscles de Matteo, elle se cramponna aux briques.

– Ne regarde pas en bas, murmura-t-elle à sa seule intention.

Ses cheveux oscillaient au-dessus de Paris. Sophie les écarta pour dégager sa vue, et jeta un coup d'œil par la fenêtre, à présent en face d'elle.

La pièce courait sur toute la longueur du bâtiment. Des armoires à dossiers – certaines ouvertes, d'autres fermées – étaient alignées le long des murs. Elles devaient en contenir des centaines, pensa-t-elle, voire des milliers. Un grand bureau trônait au centre de la pièce. Elle souffla sur la vitre – ce qui n'est pas une mince affaire quand on se trouve à l'envers – puis enleva du bout des doigts la buée qui s'était formée. Aucun tableau n'ornait les lieux, aucune lumière ne les éclairait. Elle commença alors à avoir des points rouges devant les yeux.

– Je vais devoir te remonter ! cria soudain Matteo. À moins que tu ne préfères prendre le chemin le plus court.

Une fois la circulation sanguine rétablie dans le corps de Sophie, ils se remirent en route, cette fois-ci en pressant le pas en raison du soleil levant.

– Certaines armoires avaient des serrures, dit-elle. Crois-tu que je pourrais les forcer à coups de marteau ?

– Sûrement pas, dit Matteo. Tout Paris t'entendrait.

– Mince. Comment faire, alors ? Avec un pied-de-biche ?

– Mais non, voyons. Il faut crocheter chaque serrure.

– Comment ? Aïe !

Le nez de Sophie venait de s'écraser contre le pied de Matteo. Ils escaladaient à plat ventre le toit pentu d'une boucherie, et le garçon s'était brusquement arrêté pour la regarder.

– Tu n'as jamais crocheté de serrure ?

Il semblait sincèrement incrédule.

– Je croyais que c'était… je ne sais pas, un peu comme respirer. Je croyais que tout le monde en était capable.

– Pourquoi saurais-je crocheter une serrure ?

– Vraiment ? Tu ne sais pas comment t'y prendre ? Je pourrais le faire avec les dents s'il le fallait.

– Pour l'amour du ciel, non, je ne sais pas le faire !

Ils apercevaient à présent l'hôtel Bost.

Matteo ne la quittait pas des yeux. Se sentant devenir écarlate, Sophie ramena ses cheveux vers l'avant.

– Dans ce cas, finit-il par dire, il faudra que je t'apprenne. C'est facile. Et utile. Plus utile que le violoncelle.

– Quand ça ? Maintenant ?

– Non. Tu dois avoir les mains tout engourdies. Il faut te reposer. Ça attendra demain.

Il désigna l'hôtel d'un signe de tête.

– Tu peux faire la dernière partie du trajet toute

seule ? Je dois rentrer chez moi. Le soleil va se lever dans dix minutes.

– À demain, alors. Et, Matteo…

Elle se frotta les yeux, le temps de trouver les mots appropriés pour le remercier. Ce n'était pas chose facile. Quand elle les rouvrit, il s'était volatilisé.

Au moment où Sophie se laissa glisser dans sa chambre, les premiers rayons du soleil réchauffaient déjà la pièce. Les paumes de ses mains étaient noires. Ses plantes de pieds et ses chevilles étaient entièrement recouvertes de suie et de feuilles mortes. Son lit lui parut merveilleusement accueillant, mais avant de s'y allonger, elle s'empara du dictionnaire d'anglais qui se trouvait sur l'étagère du palier. Après s'être essuyé les mains dans le creux de ses genoux, elle feuilleta le gros volume.

On appelait un vol d'étourneaux une « murmuration ».

25

Lorsque Sophie ouvrit les yeux, elle vit Charles, penché au-dessus d'elle, tenant une tasse remplie d'un breuvage fumant. Le soleil du milieu d'après-midi ruisselait à travers la lucarne.

– Te voilà revenue, dit-il.

Sophie prit la tasse. Elle s'efforça d'afficher un air innocent.

– Revenue d'où ?

C'était du chocolat chaud. Épais et collant, comme celui que Charles préparait à la maison. Petite, elle l'avait baptisé « choco-extragavant ». Il fallait une bonne demi-heure pour obtenir cette texture particulière, presque caoutchouteuse. La culpabilité de Sophie ne fit que s'amplifier.

– Je l'ignore, déclara Charles. À toi de me le dire.

Il s'assit sur le lit.

– Je suis entré dans ta chambre hier soir à onze heures et tu avais disparu.

– Ah bon ?

– Loin de moi l'idée de me comporter en vieux

raseur, ma chérie, mais j'ai pensé qu'on t'avait enlevée. Qu'on t'avait… Je ne sais pas.

Il ne souriait pas, et son regard était sombre.

– Où étais-tu ?

– Je ne peux pas te le dire.

Elle lui prit le poignet.

– Je suis désolée. J'aimerais t'expliquer, sincèrement, mais il y a d'autres personnes impliquées, à part moi.

– Sophie, es-tu en train de me dire…

– Mais je te le promets, personne n'a pu me voir. Je te le *jure*. J'ai attendu qu'il fasse noir pour sortir. Et j'ai camouflé mes cheveux.

– Pourquoi n'as-tu pas au moins pris la peine de m'avertir que tu sortais ?

– Je ne pouvais pas. J'ai pensé que tu m'en empêcherais.

Charles lui reprit la tasse, but une gorgée de chocolat, la lui rendit, tout cela en silence. Ses sourcils étaient plus hauts que jamais, quasiment perchés sur le sommet de son crâne.

– Tu m'en *aurais* empêchée, non ?

– Non, pas du tout.

– Oh ! s'étonna Sophie, le cœur serré par la culpabilité.

– Du moins, j'espère que je ne l'aurais pas fait.

Il lui vola une deuxième lampée de chocolat.

– Peut-être l'aurais-je fait. En réalité, je l'ignore. L'amour est imprévisible.

L'amour est imprévisible, se répéta Sophie. Elle hésita quelques secondes.

– Charles ? Je peux te poser une question ?

– Bien entendu. Comme toujours.

Elle voulait trouver les mots justes. Pour se donner le temps de réfléchir, elle engloutit le reste du chocolat, puis nettoya l'intérieur de la tasse avec son doigt.

– Je me demandais simplement : si elle *est* en vie – et je suis sûre qu'elle l'est –, pourquoi n'a-t-elle pas cherché à me retrouver ?

– Mais on a dû lui dire que tu étais morte, Sophie. Si nous n'avons pas pu obtenir la liste des survivants, eh bien, elle non plus. Tu n'étais dans aucun hôpital. Personne en France n'a jamais entendu parler de toi.

– Je sais. Je sais tout ça. Mais… ils m'ont dit, à *moi*, qu'elle était morte, *elle*, et je ne les ai pas crus. Pourquoi l'a-t-elle cru ? Pourquoi n'a-t-elle pas continué à chercher ?

– Mais, ma chérie, parce que c'est une adulte.

Sophie se dissimula derrière ses cheveux. La colère lui brûlait le visage et contractait ses traits.

– Ce n'est pas une raison.

– Si, mon amour. On enseigne aux adultes à ne jamais rien croire, à moins que ce ne soit déplaisant ou ennuyeux à mourir.

– C'est stupide, dit-elle.

– Triste, mon enfant, mais pas stupide. Il est difficile de croire à des choses extraordinaires. C'est un talent que tu possèdes, Sophie. Ne le perds jamais.

26

Cette nuit-là, avant de se glisser à travers sa lucarne, Sophie laissa sur son oreiller une note à l'intention de Charles. Elle l'avisait de son départ pour la préfecture de police – sans toutefois préciser qu'elle s'y rendait par voie céleste – et promettait d'être de retour avant l'aube. Cette précaution prise, elle enfila un pantalon puis le chandail gris tout élimé de Safi. Elle fourra un morceau de bougie dans sa poche, étira les muscles de ses doigts et quitta sa chambre pour plonger dans l'obscurité.

Matteo l'attendait sur le toit de la préfecture en sautillant à cloche-pied. Sophie savait qu'il serait là. En revanche, elle fut surprise de découvrir à ses côtés Anastasia, Safi et Gérard, assis au pied de la cheminée, en train de se partager un sachet de raisins secs. Les deux sœurs portaient chacune un pull noir et un pantalon gris, ce qui donnait à leur visage, par contraste, une teinte blanc argenté. Sophie avait oublié à quel point elles étaient jolies. Elle en resta bouche bée.

Gérard se mit à rire en voyant sa tête.

– Je sais ce que tu te dis : encore eux ! Mais il va falloir t'habituer.

– Nous sommes là pour faire le guet, expliqua Anastasia. Gérard a une ouïe de lapin, tu te rappelles ? Il saura si quelqu'un approche. Et on a aussi apporté à manger.

Elle versa aussitôt une dizaine de raisins secs dans la main de Sophie. Celle-ci les dégusta un à un, et leur douceur sucrée lui réchauffa le corps. Elle se tourna ensuite vers Matteo.

– J'y vais en premier ?

– Non, répondit-il.

– S'il te plaît. J'en ai envie.

Sophie tenait terriblement à faire les choses bien, mais ne savait pas comment le leur faire comprendre. Elle se sentait si près du but. Chaque fois qu'elle pensait à sa mère, un frisson la parcourait.

– Tu sais forcer un loquet de fenêtre ? lui demanda Matteo.

– Oh. Non. Bien sûr que non.

– Alors j'y vais en premier.

Le garçon descendit un mètre de gouttière jusqu'à ce qu'il soit au même niveau que le rebord de la fenêtre des archives. Sophie, allongée sur le ventre, l'observait depuis le toit. Elle ne voulait pas crier : « Fais attention ! » Elle ne voulait pas être le genre de personne qui crie ce genre de phrase. Alors elle cria : « Bonne chance ! », et une seconde plus tard, inutilement : « On fait le guet ! »

Matteo se trouvait face au mur. Les deux bras autour de la gouttière, il balança une jambe, puis l'autre. Les pieds sur le rebord de la fenêtre, il colla son corps contre les briques, et détacha une main de la gouttière pour la plaquer contre le mur. Sophie fut prise de vertige. Après ça, le garçon fit de même avec l'autre main, et finit par se retrouver droit comme un piquet sur la petite avancée, en équilibre sur la pointe des pieds. Il fléchit lentement les genoux, se retenant à la vitre du bout des doigts, jusqu'à être accroupi. Le rebord avait beau être large, la moitié du corps de Matteo flottait au-dessus du vide. Son visage, cependant, était aussi calme qu'un dimanche après-midi.

Il s'attaqua aussitôt au loquet avec son canif.

– C'est ouvert !

– Formidable ! Oh, s'il te plaît, fais att…

Sophie s'arrêta à temps.

– Merveilleux ! lança-t-elle.

Il glissa les ongles sous la vitre et tira fort. On entendit un bruit de déchirure, suivi d'un « Aïe ».

– Que se passe-t-il ? Tout va bien ?

– Rien. Juste un peu de sang.

La fenêtre s'ouvrit.

– On nettoiera avant de partir.

Le garçon se contorsionna ensuite pour s'asseoir, les jambes pendant à l'intérieur de la pièce.

– C'est bon !

Il tapota sur le rebord.

– Tu peux venir, maintenant.

Sophie imita au mieux la chorégraphie de Matteo. De ses deux mains, celui-ci guida les pieds de la débutante. Elle s'obligeait à penser aux violoncelles, et aux mères, et non au bruit que ferait son crâne en se fracassant sur le trottoir.

– Les mères, murmura-t-elle. Les mères en valent la peine.

Une fois en sécurité, Sophie se baissa et se laissa glisser par la fenêtre. La pièce aux archives était froide et sombre. Elle respirait le mystère et le danger.

– Tu n'entres pas ? demanda-t-elle à Matteo.

– Non. Je ne vais jamais à l'intérieur, répondit-il en cognant ses talons contre le lambris. Je suis bien là où je suis.

Sophie sortit sa bougie de sa poche et frotta une allumette.

– Très bien.

Elle enveloppa sa main dans son chandail pour éviter que la cire ne coule sur ses doigts.

– Par où je commence ?

Elle jeta un coup d'œil sur les étiquettes des armoires.

– Matteo, il y a des inscriptions ! En français !

– Lis-les-moi à voix haute. Je te dirai quoi faire.

– *Meurtres**.

– Continue.

– *Incendies**.

– Non, continue.

Elle traversa la pièce.

– *Assurances** ?

253

– Oui. Essaie celle-là.

Sophie tira sur la porte.

– C'est verrouillé.

Comment avait-elle pu oublier ce détail ? Cependant, le visage de Matteo, dans l'encadrement de la fenêtre, était plein d'excitation.

– Évidemment que c'est verrouillé. Tu as une épingle à cheveux ?

– Oui.

– Bien. Maintenant…

– Attends une seconde.

Sophie fouilla à l'aveugle dans sa tignasse, à la recherche de l'épingle qui la retenait. Ses doigts tremblaient et lui semblaient plus gros que d'habitude.

– Ok, dit-il. Bon. À présent, tu te concentres. Il y a cinq points dans une serrure.

– Cent ?

Sang. C'était un des mots auxquels elle essayait de ne pas penser. « Sang », et « noyade ».

– Non, *cinq*, articula Matteo. Une serrure a *cinq* points, d'accord ? Et la clé de cette serrure déplace ces points et ouvre la barre transversale, d'accord ? Tu as toujours l'allumette que tu viens d'utiliser ? Tu ne l'as pas jetée par terre, au moins ?

– Non, je l'ai.

– Dans ce cas, tu enfonces l'allumette à la base de la serrure – comme ça, oui – et tu pousses un peu, vers la droite ou vers la gauche.

Sophie se lécha les doigts pour en stopper le tremblement, puis inséra l'allumette dans la partie bombée de la serrure.

– Quel côté ? murmura-t-elle. Gauche ou droit ?

– Tu vas le sentir. C'est comme une rivière. Ça coule dans un sens. Il faut trouver la source.

Sophie remua l'allumette. Elle ne sentait rien.

– Arrête ! cria Matteo. Tu ne t'y prends pas bien.

Quoi de plus agaçant à entendre ? La langue encore entre les dents, Sophie le foudroya du regard.

– Ça ne m'aide pas beaucoup, ça.

– Je veux dire que tu appuies trop fort, on dirait que tu piques une saucisse. Imagine plutôt que tu as affaire à quelque chose de vivant.

– Mais ça ne l'est pas.

– Qu'est-ce que tu en sais ? *Imagine* que c'est le cas.

Il disait vrai. Vers la droite, la serrure demeurait rigide. Légèrement vers la gauche, en revanche, elle sembla réagir. Ce fut aussi subtil qu'un murmure. Sophie répéta plusieurs fois le même geste pour en être sûre.

– Et maintenant ? demanda-t-elle.

– Reste comme ça. Ne bouge pas d'un millimètre.

– D'accord.

Sophie renforça sa prise de sorte à maintenir l'allumette en place avec sa main gauche.

– Et ensuite ?

– Ensuite, tu enfonces l'épingle à cheveux dans la partie supérieure de la serrure.

Matteo scrutait ses mouvements dans l'obscurité avec la plus grande attention.

255

– Et tu commences par la fin, par le cinquième point. Tu fais glisser l'épingle en dessous et tu pousses vers le haut jusqu'à ce que ça coince.

– Comment ça, jusqu'à ce que ça coince ?

Les mains de Sophie étaient moites. Elle lécha ses paumes et les essuya sur son front.

– Comment t'expliquer… C'est facile. Tu n'as qu'à…

– Tu ne pourrais pas venir le faire toi-même, tout simplement ?

– Non. Il n'y a qu'à faire bouger subtilement l'épingle jusqu'à ce que ce soit… solide. Tu vas le sentir. Parfois, ça fait un *clic*. Mais si la serrure est huilée, c'est à peine audible – une toux de fourmi.

Il garda les lèvres entrouvertes, comme s'il écoutait de la musique.

– Et à mon avis, cette serrure-là est huilée.

– Et puis ?

– Et puis tu passes au quatrième point, puis au troisième. Puis au…

– Deuxième, oui. J'ai compris.

– Tu sens que ça coince ?

Dans un premier temps, Sophie ne sentit rien, hormis la colère qui montait en elle tandis qu'elle remuait vainement la tige de métal de haut en bas. Et puis soudain, elle perçut quelque chose. La différence était des plus infimes, mais subitement, l'épingle sembla se raidir. Elle n'oscillait plus.

– Je crois que ça y est ! Et maintenant ?

– Bien. Le premier est le plus difficile à avoir. Main-

tenant, tu tires l'épingle vers toi – de moins d'un millimètre – et tu la fais glisser dans le point suivant.

Sophie retint sa respiration, et s'exécuta. L'opéra-
tion était plus facile, une fois assimilés la gestuelle et
le rythme.

– Voilà pour le quatrième, annonça-t-elle. Et le troisième.

Le dernier point fut le plus ardu.

– Fini, je crois !

Si elle avait espéré des félicitations, elle aurait été
déçue. Matteo lui accorda tout juste un glacial signe
de tête.

– Bien, dit-il. Maintenant, tu maintiens toujours ton
épingle en place – tes mains tremblent, tu dois arrêter
ça –, et tu pousses l'allumette vers la gauche.

La serrure s'ouvrit avec un bruit sec. Sophie trans-
porta aussitôt jusqu'à la fenêtre les lourds dossiers qui
se trouvaient dans l'armoire et Matteo et elle exami-
nèrent les documents un à un. Les doigts de la jeune
fille tremblaient toujours d'émotion. C'était difficile à
dire dans la pénombre, mais il lui sembla que ceux de
Matteo aussi.

– Il n'y a rien là-dedans sur le *Queen Mary*, soupira-
t-elle. Ces papiers remontent seulement à deux ans.

– Ne t'inquiète pas, dit Matteo. On a du temps pour
trouver ce que tu cherches.

– Mais il y a des centaines de dossiers dans cette
pièce ! Si ce n'est plus !

– On a le temps, répéta-t-il. Pas de panique.

257

Sa voix était plus douce qu'à l'accoutumée.

– Je devrais peut-être essayer les placards qui ont l'air moins récents ? suggéra Sophie. Les verts. Ils semblent rouillés. Moins honnêtes.

Matteo fit oui de la tête.

– Remets ces dossiers en place d'abord. Ils ne doivent pas savoir que tu es venue ici.

Toutes traces de son effraction effacées, Sophie lut de nouveau à voix haute les inscriptions sur les étiquettes des armoires. *Pickpockets, Escroqueries, Mendiants**. Rien de bien prometteur.

– *Divers**, annonça-t-elle. Qu'est-ce que ça veut dire, Matteo ?

– Ça veut dire tout et n'importe quoi. Comme un… florilège. Tu devrais jeter un œil.

La serrure était cette fois plus grosse que les autres, et les points plus faciles à sentir. Sophie, armée de son épingle, en vint à bout en moins de cinq minutes.

Elle découvrit à l'intérieur d'épais dossiers, dont les plus vieux remontaient à vingt ans. Fiévreusement, Sophie trouva l'année qui l'intéressait. Un frisson parcourut alors tout son corps.

– *Queen Mary, paquebot anglais**, lut-elle sur l'un d'eux.

– On y est.

C'était un dossier cartonné, d'aspect marbré. Sophie le porta en courant vers la fenêtre et tendit sa bougie à Matteo. Il contenait des dizaines de feuilles. Elle les divisa en deux tas, qu'ils se répartirent.

– Ne les laisse pas s'envoler, le prévint-elle.

Sophie parcourut les documents à toute vitesse. Il y avait des listes de noms tapés à la machine, et des lettres manuscrites. Il y avait des photos de l'équipage, mais aussi des serveurs, regardant fixement l'objectif, sans un sourire aux lèvres, leur torchon sur le bras. Leurs noms et adresses étaient écrits à l'encre au verso de chaque cliché.

– Tiens ! s'écria Matteo. On dirait bien la liste des passagers.

Sophie lui arracha presque la feuille des mains. À la lettre M, elle trouva « Maxim, Charles ». Mais rien à la lettre V. Pas de Vivienne Vert. Elle fit glisser un doigt tremblant le long de la liste du personnel, pour obtenir le même résultat. Aucune Vivienne.

– Regarde ! fit alors Matteo en brandissant une photographie. Sophie ! C'est l'orchestre ! Elle est dedans ? Tu la reconnais ?

– Fais-moi voir ! s'écria la jeune fille, manquant de déchirer la photo en la lui prenant des mains. Mais… Ce sont… ce sont tous des hommes.

L'obscurité de la pièce devint brusquement lugubre.

– Oh, dit Matteo, dont le sourire s'évanouit. Oh, désolé.

Sophie retourna le cliché.

– D'après ce qui est écrit ici, le violoncelliste est un certain *George Green, 12, rue de l'Espoir, Appartement G.*

C'était un beau jeune homme, qui regardait le monde avec de grands yeux, et semblait sur le point d'éclater de rire. Mais il aurait pu tout aussi bien être borgne et bedonnant, quelle importance ? Sophie essuya une larme le long de son nez. Elle ne s'était pas rendu compte qu'elle pleurait.

– C'est un homme, répéta-t-elle.

– Mais c'est tout de même bizarre, dit soudain une voix. Parce que ce George Green te ressemble énormément.

Sophie faillit s'évanouir de surprise. Une ombre était suspendue à la gouttière et les observait.

– Poussez-vous, s'il vous plaît, dit Safi. J'aimerais m'asseoir.

Sophie recula vers l'intérieur de la pièce pour lui céder sa place sur le rebord de la fenêtre, puis elle lui attrapa le poignet.

– Je ne trouve pas. Il ne me ressemble pas ! Tu penses vraiment que c'est le cas ?

– Il a tes yeux, dit Safi.

Sa voix était plus grave que celle d'Anastasia.

– Les gens ne voient jamais leurs propres yeux tels qu'ils sont vraiment, alors tu ne pouvais pas remarquer.

Elle se tourna vers Matteo.

– Par contre, ça m'étonne que *toi* tu n'aies rien vu. Toi qui parles tout le temps de ses yeux ! Tu crois que ça pourrait être son père ?

Matteo rougit, mais Sophie était trop occupée à examiner la photo pour s'en apercevoir. Elle la leva à la lumière de la lune.

– Oh, mon Dieu, murmura-t-elle.

Des picotements envahirent sa nuque pour venir courir le long de son dos.

– Il porte une chemise de femme, dit-elle.

– Quoi ? dit Matteo.

– Les chemises de femme se boutonnent de la droite vers la gauche, expliqua Sophie.

– Quoi ? Comment tu sais ça ?

– Je le sais, c'est tout. Les boutons, ajouta Sophie, ont leur importance dans la vie. Matteo, c'est une chemise de femme. Pourquoi un homme porterait-il une chemise de femme ?

– Et puis, dit Safi, regarde ses chaussures. Seules les femmes nouent leurs lacets de cette façon.

Sophie ne put que constater. Elle vit également que le pantalon du jeune homme était noir, avec une usure grisâtre aux genoux.

– Et aussi, ajouta-t-elle, regardez sa moustache !

Matteo et Safi regardèrent.

– Qu'est-ce qu'elle a, sa moustache ?

– Elle est bien trop mince. Elle devrait dépasser sur la lèvre, non ? Il suffit de comparer avec toutes les autres moustaches. Elles sont énormes ! Mais la sienne, on dirait un duvet de femme qui aurait été teint en noir.

Safi s'empara du cliché.

– À mon avis, nous n'avons pas affaire à un homme, déclara-t-elle. Mais plutôt à une femme très rusée.

Elle étudia la photo, puis tendit la main vers Sophie pour écarter les mèches folles qui barraient son visage.

– Et elle te ressemble.

27

Sophie promenait encore un regard médusé sur Matteo, sur Safi, et sur la photo, quand un piétinement retentit au-dessus de leurs têtes, suivi d'un bruit sourd, et enfin d'une voix.

– Sophie ? C'est toi, en bas ?

– Qui est-ce ? s'inquiéta Safi.

– La police ! dit Matteo. Courez !

Sophie les attrapa tous les deux par le poignet avant qu'ils aient pu faire quoi que ce soit.

– Attendez ! Je crois que c'est…

– Pourrais-tu remonter, s'il te plaît ? demanda la voix. C'est sans nul doute involontaire de ta part, ma chérie, mais tu me donnes, métaphoriquement parlant, des sueurs froides. Reviens, je t'en prie.

C'était Charles.

Les trois enfants escaladèrent la gouttière. Avant cela, Matteo prit soin d'essuyer du coude une tache de sang qui maculait le rebord de la fenêtre et il claqua ensuite celle-ci derrière lui. Sophie avait placé la photo entre ses dents.

Charles était adossé à la cheminée, sous les regards méfiants de Gérard et Anastasia. Il tenait le violoncelle de Sophie dans une main, et son parapluie sous le bras.

– Cette jeune fille, dit-il en pointant Anastasia du doigt, a littéralement tenté de me tuer, jusqu'à ce que je lui explique que j'étais ton tuteur. Ce jeune homme ici présent l'a convaincue que j'étais inoffensif. Je crois que ton violoncelle a joué en ma faveur.

– Tu as apporté mon violoncelle ? s'étonna Sophie, hébétée. Sur les toits ? Comment ? Pourquoi ?

– Je l'ai attaché dans mon dos.

Il regarda l'instrument d'un air songeur.

– J'ai pensé que tu pourrais en avoir besoin, si tu découvrais quelque chose… quelque chose de triste.

Il s'accroupit pour examiner les yeux de Sophie.

– À voir ton visage, ça ne semble pas être le cas.

– J'ai une adresse, dit Sophie, encore toute tremblante. Ça pourrait être elle. Je ne sais pas.

Matteo lui prit la photo des mains.

– Rue de l'Espoir. C'est dans le secteur des *cerbères*, près de l'église Saint-Vincent-de-Paul. À l'est de l'endroit où on était hier soir.

Les trois autres hochèrent la tête.

– Comment le sais-tu ? demanda Sophie.

– Quand on vit sur les toits, dit Gérard, on a un plan imprimé dans la tête.

– Ils vont se fâcher, Sophie, dit Anastasia. Les *cerbères*. Rue de l'Espoir… C'est comme si on s'introduisait chez eux pour entonner des chants de Noël.

263

– Ça m'est égal, dit Sophie.

– Tu ne comprends pas, insista Anastasia. La rue de l'Espoir, c'est leur quartier général. Ils ont des couteaux sur eux.

– Tu n'as qu'à rester ici si tu veux. Moi, j'y vais.

– Sophie, reprit Matteo, on ne va jamais là-bas…

– Ça m'est égal, répéta Sophie.

Elle le pensait. Elle n'avait jamais eu moins peur de toute sa vie. C'était peut-être ça, l'amour. Non pas quelque chose qui vous procure le sentiment d'être unique. Mais plutôt quelque chose qui vous donne du courage. Comme une ration d'urgence dans le désert, ou une boîte d'allumettes au fond d'une forêt obscure. L'amour et le courage : deux mots pour désigner la même chose. Peut-être n'était-il même pas nécessaire que la personne soit avec vous. Il suffisait qu'elle soit en vie, quelque part. La mère de Sophie était tout cela, depuis toujours. Un lieu où déposer son cœur. Une aire de repos où reprendre son souffle. La carte d'une constellation.

Charles s'était retranché dans un silence courtois pendant que les autres parlaient. Il le brisa enfin.

– Si nous devons nous rendre quelque part, Sophie, il est préférable que nous empruntions les rues, toi et moi. J'aurais bien trop peur de fracasser accidentellement ton violoncelle contre un conduit de cheminée.

– Non, dit Sophie. Je reste en haut.

– Pourquoi ? demanda Matteo.

Les traits crispés, le garçon donnait des coups de pied dans des éclats d'ardoise.

– À cause de la police. S'ils m'attrapent mainte-nant…

Au lieu de finir sa phrase, elle dit :

– Charles, je te retrouve là-bas, d'accord ?

– Non, dit Charles. Je suis très loin d'être d'accord. Elle leva la tête vers lui.

– S'il te plaît, dit-elle.

Elle embrassa du regard ses longues jambes, ses traits anguleux, ses yeux pleins de bonté.

– Je te promets de ne pas me blesser. Tu as dit que je devais faire des choses extraordinaires. C'en est une.

Charles soupira.

– Ce n'est peut-être pas inexact.

Il voulut hausser les sourcils, mais ceux-ci ne firent que vaciller avant de retomber.

– Je préfère ne pas imaginer ce que miss Eliot dirait à ma place, mais oui, c'est certainement exact.

Il se força à sourire.

– Rendez-vous rue de l'Espoir, dans ce cas. Si tu n'y es pas dans une heure, je… Je ne sais pas ce que je ferai. Sois prudente, c'est tout.

Sur ces mots, il hissa le violoncelle sur son dos, puis se dirigea vers la gouttière.

– Si tu y vas, Sophie, dit Matteo, tu vas avoir besoin de nous. Tu ne connais pas le chemin.

– Je sais, dit Sophie. Merci.

– Mais voyons ! s'énerva Anastasia. Nous parlons de la rue de l'Espoir !

Sur quoi elle déversa sur Matteo un flot de paroles furieuses en français.

Sophie redressa sa colonne vertébrale, prenant conscience, pour la toute première fois, de sa mauvaise posture. En se tenant ainsi bien droite, elle dépassait Anastasia et avait presque la même taille que Matteo. D'un haussement de sourcils, elle les réduisit tous deux au silence.

– Vous n'êtes pas obligés de venir, dit-elle. Mais si vous venez, c'est maintenant.

28

Ils avaient franchi la Seine depuis vingt minutes quand le dos de Matteo commença à se raidir. Ils traversaient à ce moment-là en file indienne le large toit d'un hôpital, sous les fredonnements de Gérard, qui fermait la marche. Leur rythme était plus lent, plus prudent que d'habitude. Sophie suivait Matteo en tête de cortège. Elle vit brutalement les poils se dresser sur la nuque de son guide.

— Ils sont passés par là, dit-il. Tu sens ? L'odeur du tabac.

— Beaucoup de gens fument du tabac, le raisonna Sophie.

— Mais eux, ils fument les mégots laissés par les autres. L'odeur de brûlé est deux fois plus forte.

— Je ne sens rien de spécial. À part l'odeur des cheminées. Et toi, Anas…

Sophie se retourna. Anastasia était à quelques mètres derrière elle. Son visage était vert de peur. Elle était cernée.

Les garçons avaient escaladé les murs sans un bruit et

traversé le toit voisin. Ils étaient grands et pâles. L'arrogance se lisait sur leurs traits, piquants comme l'acide. Ils étaient six en tout, quatre d'entre eux encerclant Gérard. Personne ne bougeait.

Matteo regarda Sophie. La sueur avait plaqué ses cheveux contre son visage. Il se pencha, et cassa d'un coup sec un morceau d'ardoise.

– On les a mis en colère, dit-il. C'était une mauvaise idée.

Personne ne riait, personne ne se moquait. Les *cerbères* tenaient dans leurs mains des tuyaux et des morceaux de fer. *Une meute de loups*, pensa Sophie.

– Où est Safi ? murmura-t-elle.

Matteo secoua la tête.

– Je ne sais pas.

Il la poussa derrière un conduit de cheminée.

– Toi, tu restes ici. Ne bouge pas, sinon je te tuerai plus tard, d'accord ? Et si Safi arrive, maintiens-la à terre, s'il le faut. Tu comprends ? Ne la laisse pas se battre.

Matteo sortit alors un os de pigeon de sa poche et le brisa en deux, obtenant ainsi un bord tranchant comme du verre. Il en tendit une moitié à Sophie.

– S'ils s'en prennent à toi, vise les yeux.

Là-dessus, le garçon hurla des mots crus et cinglants qui résonnèrent dans la nuit, puis se rua sur les *cerbères*.

La lune était voilée, mais les yeux de Sophie s'étaient accoutumés à l'obscurité. Anastasia poussa un cri en apercevant la manœuvre de Matteo, et elle parut soudain plus grande que jamais. Elle s'attaqua aussitôt elle aussi à l'un des *cerbères*, se montrant sans pitié, plantant ses ongles et ses dents dans le cou et le torse de son adversaire. Sophie fut terrifiée par le peu de bruit qu'ils faisaient. Leur combat n'était ponctué que de grognements et de crachats. Voyant à un moment que son amie était en difficulté, Matteo arracha du toit un tuyau et l'envoya voler sur le crâne de son assaillant.

– C'est bien utile de savoir lesquels sont mal fixés, dit-il d'une voix haletante. Gérard, aide-nous !

Sophie comprit brusquement pourquoi ils avaient appelé Gérard un guerrier. Ses jambes, qui lui donnaient une allure si gauche à Notre-Dame, se révélèrent puissantes et dangereuses. Il frappa ainsi deux des garçons droit dans l'œil et leur ratissa le visage avec un silex coincé entre ses orteils. Malheureusement, on ne sort pas indemne d'une bagarre à un contre quatre. Bientôt, il se mit à souffler, se tenant le bras gauche.

– Matteo ! cria-t-il.

Matteo se battait à la manière d'un chat. Il s'élançait à la vitesse d'une flèche, pointant son morceau d'os vers les yeux, les oreilles, les lèvres de ses adversaires, les martelant de coups de poing. Dans n'importe quelle cour de récréation, contre n'importe quel enfant, Matteo et Gérard seraient sortis vainqueurs, mais les *cerbères* n'étaient pas des enfants. C'étaient des habitants des toits, et ils étaient vicieux. Gérard finit par glisser en arrière et se cogna la tête par terre. Un des garçons fit mine de lui donner un coup de pied au visage.

Sophie chercha une arme. Elle ignorait totalement si elle était capable de se battre, mais rester accroupie dans un coin était impensable. Elle se releva d'un bond et se jeta, tête la première, sur l'assaillant de Gérard. Celui-ci hurla, tangua, puis retrouva son équilibre avant qu'elle ait pu chasser la poussière de ses yeux et ses cheveux de son visage. Alors qu'il se dressait devant elle, elle lui asséna un coup de genou entre les jambes. Il grogna et s'écroula.

Sophie se replia dans sa cachette derrière le conduit de cheminée. Elle vit soudain le plus grand des garçons tirer un couteau de sa ceinture – un banal couteau de cuisine avec un manche en bois, comme celui qu'elle utilisait à la maison pour éplucher les pommes de terre –, et foncer droit sur Anastasia. Sophie émit un son, à mi-chemin entre le cri strident et le rugissement. Elle arracha du toit un morceau d'ardoise et le lança sur le *cerbère* armé, qu'elle atteignit à la main. Il jura et fit tomber son couteau. Anastasia s'en empara et le jeta dans une cheminée, tandis que le garçon s'élançait vers Sophie. Prenant une profonde inspiration, celle-ci tenta un coup de poing, pour ne frapper que le vide. Son assaillant vociféra des mots inaudibles en français, et elle esquiva à son tour un direct.

– Il a dit : « Arrête de frapper comme une mauviette », dit une voix.

Sophie se retourna, mais elle savait déjà que cette voix n'était pas celle de Matteo. Une main se posa sur son épaule pour l'écarter du passage, et le poing de Safi vint bientôt s'écraser contre le nez du garçon. Du sang gicla.

– Donne-lui des coups de pied, si tu ne sais pas boxer, dit Safi.

Sa voix était douce, mais l'expression de son visage ne l'était pas du tout.

– Les coups de pied, c'est moins personnel.

Après un coup sec du genou, elle aplatit le talon de sa main dans l'œil du *cerbère*.

– Tu dois y aller franchement.

Son adversaire roula au sol, au bord de l'étouffement, et elle l'enjamba d'un bond.

– Où est Stasia ? demanda-t-elle.

– Je suis là, dit sa sœur, qui se précipitait vers elles à quatre pattes. Sophie ! À ta gauche !

Sous pression, Sophie avait toujours du mal à reconnaître sa droite de sa gauche. Heureusement pour elle, Anastasia aussi. Des cheveux plein les yeux et plein la bouche, elle agita les bras au hasard vers la droite et toucha un menton. Dans sa chute, le garçon reçut un coup de coude en pleine figure de la part de Safi.

Il n'y avait plus qu'un seul *cerbère* encore debout. Gérard toussait, penché sur l'ardoise, tandis que Matteo tentait d'éloigner leur dernier adversaire. Leur ami était livide. Il avait un os tranchant dans chaque main, mais le *cerbère*, armé d'un morceau de tuyau, le faisait à présent reculer vers le bord du toit.

Safi sortit une pierre de sa poche, visa dans la pénombre, et lança son projectile. Il atteignit le garçon à la tempe. Celui-ci poussa un cri et tourna les talons.

Ce faisant, il croisa le regard impassible des trois

filles, debout dans la nuit froide. Deux *cerbères* inconscients gisaient à leurs pieds. Sophie murmura :

– On ne se frotte pas à une chasseuse de maman. On ne se frotte pas aux danseurs du ciel.

Elle murmura également :

– Il ne faut pas sous-estimer les enfants. Il ne faut pas sous-estimer les filles.

Après avoir évalué ses chances, le garçon sauta sur le toit d'à côté, fit volte-face, cracha, puis disparut dans l'obscurité.

– Allons-y, dit aussitôt Matteo à Sophie.

Il se tenait derrière elle.

– Ne traînons pas. Je ne veux pas être là à leur réveil.

– Tu es sûr ? Tu peux faire demi-tour si tu préfères. Je peux continuer toute seule.

Les deux sœurs avaient l'air si fragiles, à présent, sous le clair de lune. Elles ressemblaient à des poupées de porcelaine.

– C'est beaucoup trop dangereux pour vous, n'est-ce pas ?

Les poupées de porcelaine n'ont pas pour habitude de se moucher dans leurs cheveux. Anastasia le fit, puis se fendit d'un grand sourire et dit :

– Oui, allons-y, avant que le jour se lève. Nous ne craignons rien, Sophie. N'oublie pas : nous sommes des danseurs du ciel.

29

La rue de l'Espoir était déserte. Charles attendait devant l'immeuble en tapant du pied. Sophie se pencha au bord du toit et siffla dans sa direction.

– Je pensais que vous seriez là plus tôt, dit-il.

Il aperçut alors la tempe ensanglantée de Gérard et les mains blessées de Matteo. Il se tut et réajusta le violoncelle sur son dos avant d'escalader la gouttière pour les rejoindre.

Ils s'assirent, tous les six, sous les étoiles. La nuit était belle, mais trop silencieuse. Pas un seul chat, pas un seul ivrogne, pas un seul fiacre ne la troublaient. Sophie scruta la rue en dessous.

– Où sont passés les gens ?

– Ici, le choléra a frappé trois fois en quatre ans, lui apprit Gérard.

– C'est d'ailleurs pour ça que les *cerbères* aiment cet endroit, ajouta Anastasia. Personne n'a envie de vivre ici. Certains pensent que le lieu est maudit.

Matteo pouffa.

– Les gens sont stupides. Bon, on entre dans l'immeuble ?

– Non, dit Sophie. Mieux vaut l'appeler.

Elle mit ses mains en coupe devant sa bouche, puis hésita. Que devait-elle crier ? Elle essaya :

– Maman ?

Matteo secoua la tête.

– La moitié des femmes de Paris s'appellent Maman.

– Vivienne ? tenta Sophie. Avec moi, tous ensemble. À trois. Un, deux, trois.

Tous les six hurlèrent :

– Vivienne !

Pas de réponse. Sophie ne percevait aucun bruit, hormis le battement de tambour de son cœur.

Charles lui tendit son violoncelle.

– Tiens. Joue le *Requiem*.

– Pourquoi ? Non, Charles, je ne peux pas.

Elle se sentait gênée. À sa grande surprise, les autres enfants acquiescèrent de la tête et l'encouragèrent.

– Joue, insista Safi.

– Mais pourquoi, enfin ?

– Parfois, dit Anastasia, la musique a des pouvoirs magiques.

Matteo approuva.

– Il n'y a que les idiots qui l'ignorent, ajouta-t-il. Joue, Sophie.

Sophie n'avait jamais été aussi nerveuse de toute sa vie. Son cœur avait migré vers son estomac, et ses doigts, tremblants, lui semblaient tout boudinés sur les cordes. *Joue*, se dit-elle. *Souviens-toi de la musique que tu entends dans tes rêves.* Ses premières notes furent fausses, et Gérard fit la grimace. Charles, lui, ne parut pas s'en rendre compte.

– Oui ! dit-il. Plus vite, ma chérie !

Sophie cracha par terre et se redressa. Elle accéléra la cadence.

– Plus fort ! cria Matteo.

Anastasia tapait du pied et tournait sur elle-même.

– Plus vite ! hurla-t-elle à son tour.

Sophie ne les entendait plus. Elle jouait, suppliant ses doigts pour que leur mouvement se fasse encore plus rapide. *Allez, s'il vous plaît.*

Quand elle eut trop mal au bras pour tenir plus longtemps son archet, elle s'interrompit. Matteo applaudit. Charles siffla. Safi et Anastasia poussèrent des cris de joie. Les étoiles s'arrêtèrent de filer.

La musique, en revanche, continua à résonner dans l'obscurité.

30

– Est-ce que c'est… un écho ?

Sophie cherchait Charles du regard.

– C'est ça ?

Sa propre voix lui écorchait les oreilles.

– Je ne l'entends plus ! Ça s'est arrêté ?

La musique ne s'était pourtant pas tue. Elle avait simplement faibli.

– Je n'ai jamais entendu un écho pareil, dit Charles. Les échos ne changent pas d'octave.

Ce fut Matteo qui les sortit de leur torpeur. Il donna une petite tape à Sophie dans le bas du dos. Elle faillit en lâcher son instrument.

– Vas-y ! Maintenant ! *Cours** ! Mon Dieu, mais tu es sourde ? Vas-y !

– Ça vient d'où ? demanda-t-elle. *D'où ? Vite* !

– Ça vient du nord-ouest, dit Anastasia, qui se mit à courir, entraînant Sophie avec elle. Il faut d'abord nous diriger vers l'ouest.

– De quel côté se trouve l'ouest ? s'affola Sophie. À gauche ou à droite ?

– À gauche ! dit Safi. Par là. Tu vois le toit avec la girouette noire ? Après ça, il y a les bains publics. Et ensuite, il faut sauter.

Sophie pivota et s'élança comme une flèche. Charles fonça derrière elle. Elle sentait l'ardoise craquer sous ses pieds. Les pas des autres gamins s'évanouirent peu à peu.

– Sophie ! hurla Matteo. Tu vas trop vite !

Sophie ne partageait pas cet avis. Au contraire, elle avait le sentiment de se traîner, tandis que la musique s'envolait puis redescendait comme si elle touchait à sa fin. Elle sauta à pieds joints sur l'immeuble des bains-douches. S'ensuivit une série de toits pentus, alignés sur toute une rue, qu'elle franchit au pas de course sans même se baisser. Tout passant levant les yeux à ce moment-là aurait aperçu une vague forme sombre, aux pieds légers.

– Sophie ! Stop !

Elle s'arrêta brusquement. Une rue transversale la séparait du toit suivant. Celui-ci était plat, mais l'espace à franchir mesurait bien deux fois sa taille. Quel gâchis ce serait de mourir si près du but !

Au bord de l'asphyxie, elle reprit son souffle. Elle voulut se mettre en position pour sauter, mais ses jambes refusèrent de se plier.

– Je ne peux pas, murmura-t-elle.

– Si, tu peux.

Soudain, Charles fut derrière elle.

– Je vais te lancer de l'autre côté. Roule-toi en boule.

– Quoi ? dit-elle sans comprendre.

– Accroupis-toi ! lui ordonna-t-il sur un ton de sergent-major.

Sophie s'exécuta.

– Fais en sorte d'atterrir sur les pieds et les mains, pas sur les genoux. Les genoux sont fragiles. Pas les genoux, ma chérie, c'est clair ?

Sophie acquiesça.

– Dépêchons-nous ! dit-elle, tandis que la musique déclinait.

– À trois, Sophie. Un. Deux…

Charles la cueillit dans ses bras et prit son élan.

– Trois.

La jeune fille fut surprise par la force de son tuteur. Elle l'avait toujours considéré comme un être frêle, et pourtant, il la souleva sans peine. Et voilà qu'elle filait dans les airs, le visage fouetté par le vent. Elle atterrit sur le toit d'en face avec un bruit sourd, et s'égratigna la paume des mains.

Presque aussitôt, quelqu'un cria de nouveau « Trois ! », puis un second bruit sourd retentit. Matteo venait d'atterrir à côté d'elle.

– Toi ! Qu'est-ce que tu fais là ?

– Je t'ai rattrapée, dit-il. Je ne voulais pas rater ça.

Charles franchit le vide à son tour, les jambes en ciseaux, et sa longue silhouette se découpa un instant dans la lumière des réverbères. Il toucha terre maladroitement sur un genou et s'épousseta les sourcils.

– Je suggère, Sophie, dit-il d'une voix bougonne, que tu n'évoques pas cet épisode auprès des services sociaux.

Le lancer d'enfants à travers les toits n'est guère toléré, il me semble.

Sophie le regarda d'un air ahuri.

– Cours ! cria-t-il.

Elle reprit sa course. Par moments, sa respiration haletante couvrait la musique, lui faisant croire que le morceau était arrivé à sa fin. Pourtant, ça jouait toujours, de plus en plus vite, et même au-delà du possible.

Matteo boitait à présent du pied gauche et grondait de douleur, mais il gardait un visage impassible.

Soudain, alors qu'ils négociaient une pente difficile, elle crut l'entendre pousser un cri. Elle se retourna juste à temps pour voir les jambes du garçon se dérober sous lui. Charles, qui se trouvait à proximité, lui tendit heureusement son parapluie, et Matteo se cramponna à son extrémité recourbée.

– Accroche-toi bien, dit le tuteur de Sophie, qui le remonta vers lui en tirant des deux mains. Tu – es – plus – lourd – que – tu – en – as – l'air, grogna-t-il.

Se servant de Charles comme d'un escabeau, Matteo parvint enfin à se remettre sur pied. Charles avait dû voir à quel point le garçon était livide, car il sourit malgré l'effort.

– Un Anglais sans parapluie est un homme incomplet, dit-il.

Au cours du sauvetage, Matteo avait délogé une tuile du toit, laquelle se mit à glisser et alla se fracasser sur la chaussée. Dans la rue, quelqu'un hurla, le doigt pointé en l'air.

– Le moment est venu d'accélérer, à mon humble avis, suggéra Charles.

Sophie ne se le fit pas dire deux fois.

La musique n'était pas aussi facile à suivre qu'elle l'avait imaginé. Mais le son, elle en était sûre, se faisait désormais plus précis. Il était tout proche. Et magnifique aussi.

Puis une voix, chantant en français, vint s'ajouter à la musique. Les étoiles ne chantent pas, hormis dans les mauvais poèmes. Mais Sophie avait beau le savoir, elle aurait pu jurer qu'elles s'y étaient mises ce soir-là. Elle grimpa avec difficulté au sommet d'une cheminée.

Sur le toit d'en face, à un saut de distance, se trouvait une femme. Elle lui tournait le dos. Assise sur une caisse retournée, elle serrait contre elle les courbes sombres d'un violoncelle. Malgré l'obscurité, Sophie remarqua alors que ses cheveux avaient la couleur des éclairs.

31

Sophie sentit son cœur vibrer, littéralement.

– Charles ! cria-t-elle.

Sa propre voix lui sembla heurtée, différente. Une voix d'affamée.

– Charles ! C'est elle ? C'est bien elle ?

Et si ce n'était pas elle ? pensa-t-elle. Elle se sentit mal. *Et si c'était elle ?*

– Allez, Sophie.

Charles la poussa en avant, très délicatement.

– Sois prudente. Fais attention en sautant. Nous t'attendons ici.

Sophie sauta. Son genou gauche s'écrasa contre les tuiles et un filet de sang se mit à couler vers sa cheville. Elle n'y prêta pas attention.

Elle se rendit compte alors qu'elle n'avait pas réfléchi à ce qu'elle allait dire. Lorsqu'elle avait imaginé la scène avant cela, elle n'avait jamais dépassé cette étape. Pourtant, il allait bien falloir qu'elle trouve quelque chose. Que disait-on dans une situation pareille ? « Bonsoir » ? « Je t'aime » ? « Quelle nuit magnifique » ?

Ses inquiétudes n'avaient pas lieu d'être. Toutes les années passées aux côtés de Charles lui avaient enseigné les bons réflexes : Sophie s'avança, droite comme une girouette, distinguée comme un chat, vers le dos de la violoncelliste.

— Excusez-moi ? demanda-t-elle.

La musique continua. Sophie fit un pas de plus et posa un doigt tremblant sur le bras de la femme.

— Excusez-moi, répéta-t-elle. Excusez-moi ? *Bonsoir* * ? Excusez-moi.

Enfin, la musique s'arrêta. La femme se retourna.

— Bonsoir, dit de nouveau Sophie.

Elle déglutit.

— Je suis… Je suis une chasseuse. Une chasseuse de maman. Et je crois que vous êtes celle que je cherche.

La lune les éclairait. Les yeux, le nez et les lèvres de la femme étaient les yeux, le nez et les lèvres de Sophie. Elle sentait la résine et les roses. Son visage était de ceux qui ont l'air d'avoir fait vingt fois le tour du monde. La couleur de ses yeux était de celles que l'on ne voit qu'en rêve.

Charles observait la scène depuis le toit d'en face. Il vit la femme pousser un cri, puis se pencher et écarquiller les yeux. Il la vit embrasser les oreilles, le menton et le front de Sophie. Il la vit prendre Sophie dans ses bras, la soulever et la faire tournoyer, de plus en plus vite, jusqu'à ce qu'elles n'aient plus l'air de deux étrangères mais d'un seul corps secoué de rires.

Charles s'accroupit contre un conduit de cheminée.

– Assieds-toi, Matteo, dit-il en tapotant l'ardoise à côté de lui.

Il sortit sa pipe de sa poche. Il dut s'y prendre à deux fois pour l'allumer – la première allumette s'éteignant sous les larmes qui coulaient sans raison le long de son nez.

– Assieds-toi. Ici, près de moi. Tire donc une bouffée. Tu n'en veux pas ? Laissons-les toutes les deux, un petit moment.

La musique devait s'être tue, Charles le savait, puisque le violoncelle reposait sur le toit d'en face, abandonné. Pourtant, c'était comme si quelqu'un jouait encore, quelque part, de plus en plus vite, doublant le tempo.

Katherine Rundell

L'auteur

Katherine Rundell est née en 1987 et a grandi entre l'Europe et l'Afrique. *Le ciel nous appartient* est son premier roman publié en France et s'inspire à la fois de ses nombreux étés passés à Paris et de ses errances sur les toits de la ville d'Oxford, en Angleterre. Un autre de ses romans, *Cœur de loup*, également publié aux éditions Gallimard Jeunesse, a été acclamé par les plus grands écrivains de littérature de jeunesse. En 2008, elle a été nommée membre du All Souls College à Oxford, immense honneur universitaire au Royaume-Uni.

Découvrez un autre roman
de **Katherine Rundell**

*Une envoûtante épopée russe
où souffle le vent de la liberté.
Une héroïne fougueuse, intrépide,
à l'âme aussi sauvage que ses loups.*

(*Grand format*)

Si vous avez aimé ce livre, découvrez
d'autres histoires pleines d'**émotion**

———————————

dans la collection

FOLIO
JUNIOR

L'HISTOIRE D'AMAN

———————————

Michael Morpurgo

n° 1665

Partir : pour Aman et sa mère, c'est la seule solution. Fuir
l'Afghanistan, où les talibans font régner la terreur, et
rejoindre l'oncle Mir en Angleterre. Mais comment sortir
du pays, entre les rencontres dangereuses, les bombes, la
peur, la faim et les contrôles de police ? À leur côté, Ombre,
une chienne adoptée par Aman, devient un fidèle compa-
gnon de route. Elle semble parfois leur montrer le chemin,
mais est-ce bien celui qui mène à une vie meilleure ?

DANS PARIS OCCUPÉ

Paule du Bouchet

n° 1708

« Jeudi 31 octobre 1940. C'est une honte : Pétain a appelé les Français à "collaborer avec les Allemands". Et papa est prisonnier de ces gens avec qui il faudrait collaborer !
Maman sort souvent sans me dire où elle va, ça m'énerve. Je sais qu'elle fait la queue pendant des heures pour essayer d'acheter de quoi manger parce qu'il n'y a plus grand-chose dans les magasins, mais parfois, j'imagine qu'elle va je ne sais où, faire des choses dangereuses et ça me fait peur. »
Vingt-cinq ans après le journal d'Adèle, sa fille Hélène raconte sa vie sous l'Occupation.

Le papier de cet ouvrage est composé de fibres naturelles,
renouvelables, recyclables et fabriquées à partir de bois
provenant de forêts gérées durablement.

Mise en pages : Maryline Gatepaille

Loi n° 49-956 du 16 juillet 1949
sur les publications destinées à la jeunesse
ISBN : 978-2-07-058293-8
Numéro d'édition : 330199
Premier dépôt légal dans la collection : septembre 2016
Dépôt légal : novembre 2017

Imprimé en Espagne par Novoprint (Barcelone)